夜色滾滾而來

葉桑——著

推薦序

洪宏嘉／醫師，資深推理迷，現任臺灣推理作家協會理事長

沒錯，你現在手頭這本新書，真的就是資深作家葉桑第一本長篇推理小說，而且主角不是大家熟知的葉威廉，是一對刑警的搭檔辦案。換句話說，就是葉桑最新創造的偵探腳色，粗獷老練的老鳥警官馬組長和小鮮肉警察小張的組合，這是一本警察辦案小說，各位看完絕對不會後悔。

葉桑是九〇年代知名的推理作家。在一九九〇至二〇〇〇年間，他在希代、皇冠、林白、大雅四個出版社，出版了十幾本的推理小說集，他的短篇小說刊載在皇冠雜誌，推理雜誌以及聯合報繽紛版等眾多報紙的副刊，創作力相當豐富。另一方面，他有兩篇作品《再一次死亡》，《遺忘的殺機》分別獲得「林佛兒推理小說獎」第一屆的佳作與第三屆的首獎。葉桑作品水準整齊，數量之豐在九〇年代無人能出其右。

葉桑的寫作風格，他不諱言受到他最欣賞的作家連城三紀彥的影響；詞藻優美，描寫細膩，情節婉轉，氛圍浪漫淒美。葉桑這種「連城流」的筆調，在臺灣推理作家群中可說是絕無僅有。葉桑的舊作大都已經絕版；他在前年年底出版了一本短篇小說合集《午後的克布藍士街》，其中收錄了十二篇作品，一半是他退休之後的創作，一半是精心挑選的舊作，經過修繕、改寫集結成書。

二〇〇〇年後，葉桑因為工作的關係，創作大幅減少，進入長達十幾年的沉潛期。二〇一二年「臺灣推理作家協會」正式立案成立，葉桑與其他同好陸續加入；在很多會員眼中，他是一位謙虛，和藹可親，舉止優雅的前輩。他很熱心參與推理相關的講座。也經常受邀演講，分享創作的理念。在這段不算短的沉潛期，他一直在思考小說書寫的蛻變轉型，來建構臺灣本土推理創作發展的方向。

這本長篇推理小說可說是葉桑正式重出江湖之作。不同於他以往的短篇小說，本書的偵探不是大家熟知的「臺灣福爾摩斯」葉威廉，而是他新創的馬張探案，我個人期盼他們兩人能夠像葉威廉一樣，有系列作品出現。除此之外，令我印象深刻，還有一位文武雙全的熟女刑警「女王」，這些有趣的組合，讓辦案的過程高潮迭起、逸趣橫行。因為故事是著重社會寫實的風格，而不是純粹解謎的古典推理。

看完這本小說，本人除了要恭賀葉桑前輩首度嘗試長篇小說有了一個很好的開始以外，對於「已逐漸邁入古稀之年」的前輩，仍然懷抱有創作的勇氣熱情，要致上誠摯的敬意。

好評推薦

《夜色滾滾而來》書中書的結構佈局，婦人養蛇殺夫的童年舊事與勇士力運動飲料殺人之謎並進，兼及日常生活八卦耳語、死亡雙胞與夢境迷離的詭計。

作者行文婉轉間，人間蒼涼遍歷，不禁喟嘆，「情」之一字，實在讓人「死而後已」。

——**紀昭君**／書評家、專欄作家，著作有長篇推理小說《無臉之城》、寫作參考書《小說之神就是你》與《小說之神就是你2》（暫定）等

作者運用詩畫般的語言和豐富的生化毒物知識，形塑出不可能犯罪及本格詭計，在交疊錯綜的人際關係中，赤裸裸且直白地袒露人性的執著和各種慾望；警方追案過程的刻畫細膩，並藉由迷離複雜的死亡案件，側寫出商界不為一般人所知的潛規則和利益糾葛，甚具推理小說中的社會性意義。

我閱讀這本作品時，黑色的夜幕如流水淹來，又滾滾而去，惟留下的是渴見續作的心情。

——**舟動**／臺灣推理作家協會首獎得主，著作有長篇推理小說《慧能的柴刀》、《跛鶴的羽翼》等

《夜色滾滾而來》，詩情畫意的書名、雋永的文字、峰迴路轉的劇情與紮實的推理。從電子公司總經理與女秘書的神祕死亡，牽扯出與飲料公司高層過往的恩怨情仇，再揭發一段疑雲重重的往事，參雜多少黑暗的人性和愛恨情仇。

「臺灣連城三紀彥」的最新力作不僅是智性的饗宴，也是感性的佳餚，豈能錯過！

——**胡杰**／第三屆島田莊司推理小說首獎得主，著作有長篇推理小說《我是漫畫大王》、《尋找結衣同學》、《密室弔死詭》、《時空犯》等。

十多年前的命案，牽動著十多年後的連續毒殺；錯綜複雜的人際關係讓諸多矛盾衝突浮現，以為真兇即將呼之欲出，卻又一再挑動讀者神經般的轉折。物理、化工、心理學等專業的點綴，更是讓整篇故事豐富精彩的元素。

作者精練的文風筆觸，整個故事逐漸鮮明而完整。

——**哲儀**／第三屆人狼城推理文學獎，著有長篇推理小說《人偶輓歌》等。

小說情節的意外性，可以帶來絢爛的想像；但奔騰璀璨的想像，也會激發人性最深刻的黑暗。作者用細膩但明亮的文字，敘述著人性黑闇的故事。

——**知言**／臺大醫學院臨床醫學研究所博士候選人，著有長篇推理小說《正義・逆位》、中篇推理小說合集《我有罪・我無罪》等。

楔子

二十五年前的一個早晨，溫柔的陽光照著翠綠的碧潭，還有那一彎修長的吊橋。

阿耀做完了功課後，不管明天老師要抽背國語課本第八課，先從抽屜裡，取出一張白紙，從右上角開始，仔仔細細地畫了一幅依窗遠望天邊的「燕飛紫」。阿耀真是愛死了「蛋黃包」的漫畫，尤其是那鳳眼櫻唇，飄逸如仙的古裝美女。

當阿耀存夠了零用錢，就去買「蛋黃包」的漫畫，除了燕飛紫外，還有花雪容、莫逸天等等。一有空就從書架抽出來看，然後就在紙上，描畫一個一個美麗的人頭。阿耀常幻想自己就是她們的貼身書僮，雖然他只是個小學三年級的男生，可是已經能夠隨著她們飛上九天，共賞雪葉霜花，奔馳荒山古剎，與惡賊在月下苦戰，或是在野地千里、尋覓著教人生死相許的未了情緣。小男孩的愁癡悲嗔就在那一頁頁的畫裡，情思漫漫、自己覺得此生此世的淚都流盡了……。

當阿耀將白紙翻將過來，不經意地往窗外望過去，只見從坡頂灑落下來的一條彎彎曲曲的石階中，一名綠衣女子，提著洗衣籃，悠忽悠忽地過來，像瀑布裡的一片落葉。上面的一截是粉蠟的藍，留白的地方是細細的雲絲，沉靜無聲。然而在他的窗口下，那可就熱鬧了，在一口古井邊，有四、五名正在議論紛紛的洗衣婦，她們或跪或蹲，或是站起來撩水，都是把裙角往兩邊，各結成兩個角，露出兩段由白至黑，深淺排列有序的腿肉。

這幾天停水停電，附近的婦女只好聚集到這裡洗衣兼聊八卦。

「划龍船的來了。」有個聲音略略拔高而起，恰似初沸的水中，第一粒冒起的泡沫。隨後，其他的泡沫，爭先恐後地響應。

哦，原來她就是划龍船的，阿耀端詳著她愈走愈近的身影，像被煙霧瀰漫的五官被鎖在瘦骨嶙峋的臉框中，頭髮隨隨便便綁成一束，披在背後，更顯明她那一覽無遺的悲苦。只見她的右手壓著右膝蓋，每走一步，畸瘦的右腳就往外拐，真像是茫茫大海中，一條無舵無槳的破船。讓他不禁對三嬸為她所取的外號，那麼毒和傳神，有點佩服起來。

眾家女人們靜下來了，注視著她的舉動，而她也沒有和大家打招呼，只是低著頭找了個位置，把洗衣籃放下來。當她一拐一拐地走過去，吃力地搬塊洗衣石時，因為一時大意，整個人就在青苔地滑倒了，但是她很快的爬起來，阿耀注意到她的屁股一抹黑濕，像是惡作劇的手印。也許是跌痛了，連忙用手去按摩，失去了支撐的右腳，像個倒掛金鉤，幾乎要刺入井邊的水泥地裡去了。

過一會兒，她又去打水，沒想到竟把滑輪上的水桶，連繩帶桶地摔落到井裡去了……。女人的嘴唇迅速地掀開了，她的眼睛終於有了慌張，阿耀收回視線，放到白紙上，不知何時，划龍船的如同仙女般飛翔在紙面，她的腳被長裙遮掩，飄飄欲飛地呈現出絕世的姿容。

阿耀像一陣風似地，鑽入阿嬤的房間。阿嬤坐在太師椅上，摺著紙幣花。八仙桌上散著綠色的百元大鈔，紫色的五十元大鈔，還有紅色的十元鈔票，以及各色的絲線。

「阿嬤，妳在做甚麼？」阿耀手癢似地摸摸那張張漿燙過似的新鈔，好想把它們塞入口袋。

「不好亂摸，那是街仔頭羅阿伯要娶媳婦，新娘房裡頭要用的。結錢花是討一個好彩頭，希望榮華富貴年年來。」

「那為什麼？拖垃圾的娶刣龍船的，他們就沒有來這一套？」

拖垃圾的，顧名思義就是撿破爛的，是個輕度智障的中年人。上個月，經過里長伯牽紅線和那一個跛腳的刣龍船結婚。

「一款人一款命，要怎樣比喔。」阿嬤微微嘆了一口氣，太師椅上雕花縫裡的灰塵，輕輕揚起。

「阿嬤！刣龍船的是不是被拖垃圾的，用二十萬從茶室裡買來的？」

「死囝仔，有耳無嘴，誰跟你講這些有的沒的？」阿嬤一邊罵，一邊做勢要打阿耀。

阿耀趕緊學孫悟空，翻個觔斗雲，逃離如來佛祖的手掌心。心裡卻在嘀咕：你們大人可以說，為什麼我就不能講。其實阿耀想不知道也很難，三嬸幾乎每天都在報導刣龍船的事情——她今天穿了什麼衣服，在菜市場買了什麼菜，看到拖垃圾的，又是怎麼樣。鉅細靡遺，就是不談幾乎把家產賭光的三叔，或是留了兩次級，依然還在唸六年級的堂兄阿煌。

從門階跳出來，陽光彷彿是破布袋裡，傾漏出來的黃豆，灑落了滿滿一地。阿煌正在吆喝著附近的小孩玩殺手刀，於是阿耀也跑去參加分國。他很幸運，竟然被阿煌選中，和他同一國——龍捲風，另一國是先鋒號。可是，阿耀很不幸，剛剛出去叫陣，就被對方暗殺了，所以被抓到電線桿那邊，等待阿煌來救。不過阿煌他們都不管阿耀，他只好傻傻地看著他們殺來殺去。

一個留平頭、穿藍布衫的男人，伊呀伊呀地踩著一台堆滿壞銅舊錫，破瓶爛罐的拖車，怡然行來。當他看見阿耀一個人站在電線桿的瘦影下，向他咧開大嘴地笑，稀疏的幾顆黃板牙，欲掉不掉的。阿耀落了魂似地，看著他一弓一弓地踩著車輪，吃力地消失在竹葉林裡。

「放牛吃草，不玩了。」阿煌一面叫，一面像瘋狗似地繞著大埕跑，當他看到蹲在阿耀旁邊的海鯨時，頓然住腳，一手拉起海鯨龐大的身體，說：「海鯨，晚上要不要再去那裡？」他往那片看起來似乎十分遙遠的竹葉林，撇一撇嘴，又說：「今天，拖垃圾的特別早回去。」

「我阿母不會放我出來。」海鯨似乎不願意去，他也是唸六年級，看起來高高壯壯，卻是隻軟腳蝦，怕阿煌怕得要死。

「膽小鬼，你不會講來我家寫功課。不管，今晚九點，我在竹葉林等你，若不來，當心我砍斷你的狗腿。」

阿耀把阿煌的話，牢牢記在腦裡。晚飯吃飽後，他跟他阿母說，要去阿嬤的房裡做功課，阿母答應了，阿耀就背著書包去阿嬤的房間，阿嬤正在聽陳秋郎的廣播劇——《孫臏下山》。

好不容易挨到掛鐘敲了八下時，收音機也開始了連播節目，這個時候阿嬤的精神也開始不濟了，一個頭彷彿拜拜似的，不斷地點著點著。

阿耀耐心地熬到八點四十多分，摸到阿嬤的身邊，悄悄地說：「阿嬤，我功課做好了！現在去三叔那裡，跟阿煌借蠟筆，明天要交一張圖，老師要我們畫最喜歡的人，阿嬤！我畫妳，好不好？」阿嬤不作答，只是猛點頭。阿耀就當做她已答應了，但是依然很謹慎地扶著牆壁，避人耳目地走出屋子，來到相約的地點。

還沒有看到阿煌和海鯨的人影，阿耀先躲到稻草堆旁。不久，他就看到兩個人踮著腳，往竹葉林走去，阿煌手裡拿著手電筒，一圈光柱，照亮了重疊濃密的枝葉。單薄的月，勾在濃雲裡，黯淡辛酸，倒是有幾小撮活潑的銀星，有說有笑，給悲涼的天空，添了幾許生氣。

當阿耀七捧八跌地走完竹葉林的小路時，才看見他們兩個人貼在小屋的竹牆上，不知在偷看什麼。那棟小竹屋本來是街仔頭羅阿伯家的工寮，一年前，拖垃圾的搬進去住，也沒人說話，於是他就一直住下去。上個月，他娶了划龍船的，小竹屋就變成他們的新房。

阿耀真的不知道阿煌和海鯨在看些什麼，又不敢湊過去，惟恐被他們「柔道」，又不甘就此打道回府，只好直直地在原地罰站。秋風吹擦著竹葉，猶如許多人在一起輕吹著口哨，把車仔路那邊的燈戶人家，一盞一盞地催眠了。

除了腳站得很痠以外，蚊子的攻擊也令阿耀不想再待下去，就在他欲轉身離去時，只見阿煌和海鯨雙雙狂奔而逃。

阿耀還沒弄清楚到底是怎麼一回事，小竹屋的門吱地被推開了，漬黃的燈光像泥漿隨著山洪奔瀉似地照射出來。拖垃圾的赤裸著身體，手裡舉著一支球棒，背著光站在門口。破口大罵：「不結囝仔，愛看人相幹，不會去看你老爸和你老母。」

阿耀嚇壞了，趕快蹲下去，把自己盡量縮成一小塊，和竹莖下的石頭混雜在一起。拖垃圾的憤怒罵詞，使他想起霹靂布袋戲裡的「吐劍光」，紅色的和白色的，在漆黑的布幕上殺來斬去，凌厲而淒絕。

阿耀升上四年級時，阿煌和海鯨也畢業了。海鯨上了國中，阿煌不想繼續唸書，三叔帶他去土城學做黑手。

新學期的第一天，小朋友都很快樂，編好班級之後，大家都可以回家了。從車仔路走回厝前的大埕，沒有了阿煌和海鯨，顯得異常的冷清和寂寞。只有幾個吮著奶嘴的小鬼，對著番鴨丟石子，番鴨群處變不驚，倒是竹籠裡的雞，嚇得嘰嘰亂叫，阿耀覺得好無聊。在學校時那種透明愉快的心情，逐漸迷濛起來。

阿耀把書包丟在神案邊前的太師椅上，想到店仔頭去租漫畫，看看蛋黃包的新作。當他走到樹仔腳時，猛然看見路畔的竹葉林，在花生油似的九月陽光浸潤下，玲瓏得像阿公所珍愛的盆景，還泛著綠瑩瑩的珠彩。

阿耀好像中邪似地，不知所以地往竹葉林走去。

記憶中的那一夜，心驚的神祕，彷彿熱帶魚似地在深深的心海裡游竄。終於看見小竹屋了。阿耀放慢了腳步，假裝自己是路過的行人，不經意地往窗內投入一瞥。殊不知這閃電的一瞥，卻在他童稚的靈魂，烙下焦痕，並且在日後一場又一場的夢魘裡，重複同樣的主題。

划龍船的趴在竹床上，燙得鬆捲又黃的頭髮，像隻死了的松鼠，披在肩膀上。濛濛的面目，有一抹鮮豔的紅唇。尖尖的下巴就像枯掉的菜葉子，還沾著晶瑩的水滴。細長的脖子可以看見藍色的血管，凸出的鎖骨下有一圈讓阿耀迷惑的海域。右手臂伸得長長的，不知在床腳下撥弄什麼。阿耀稍稍再靠近一點，目視到划龍船的瘦枝枝、白蒼蒼的手腕，纏著一條好長、好長的青蛇，嘴巴張得大大的，一吐一收的紅信，像是在和划龍船的在說話。

當天晚上，阿耀病了。阿母帶著他去街仔頭給醫生看。醫生說他傷風感冒，打了針，讓他吃了很多很苦的藥。阿耀躺在八腳眠床裡，望著垂在擂柱的蚊帳，紗幔縐褶的地方，一條條長長的暗影像那吐信的青蛇，讓他嚇得尖叫地哭起來。

阿嬤說要去找人來替阿耀收驚，因為他太貴氣了，可能招惹了什麼東西。可是阿爸不信這一套，於是他就這樣昏昏沉沉地過了好幾天。無計可施，在阿嬤和阿母的堅持下，阿爸只好去拜託廟裡的乩童田半仙。

阿耀感覺好像被困在亂絲中，無力地掙扎，卻聽到一陣微弱的敲打聲，伴隨著奇怪的符咒，自己毫無抵抗的跟著胡言亂語。到底說了甚麼，只聽到田半仙命令眾人退去，留下他的助手。一問一答，時而虛幻、時而真實，阿耀無所感覺。

不知過了幾天，阿耀的耳邊悠悠想起一陣陣的笙樂聲。愈仔細聽，他的手腳就愈有力量。當他從惡夢掙醒出來時，那粗糙的音樂早就摧枯拉朽地掃過去了。他知道這首曲子的旋律，三年級下學期時音樂老師教唱過的「堤邊柳到秋天葉亂飄……葉落盡、只剩得細枝條……」對，就是那首很悲傷的〈秋柳〉。也是有人死了，樂隊總是要在出殯時，吹奏的指定曲。

阿耀忽然神清氣爽起來，趁著沒有人注意，自己一個人跑到空空蕩蕩的大埕。這時候，抬棺材的隊伍已經消失在田埂路的遠端了。阿耀有點失望，拉著三嬸的手，問：「是誰死了？」

三嬸沒有把阿耀當作才十歲的小孩，神情嚴肅的說：「拖垃圾的，唉！那麼好的人，怎麼會給毒蛇咬死呢？留下划龍船的一個女人家，文的不認識字，武的嘛，別說去替人幫傭或去工廠做事，連路都走不好。唉！天涯茫茫，叫她要往那裡去呀！」她講了一大串後，才發覺阿耀不知她所云，生氣的說：「你不是在生病嗎？怎麼跑出來了呢？快回去，快回去。」

後來阿耀一直沒再去竹葉林裡，厝後的古井也不再出現划龍船的那一跛一跛的身影。三嬸說她曾在菜市場遇見過划龍船的一次，裝扮得水噹噹，不像是個良家婦女，不知她現在是在做什麼？

阿耀唸高二那一年，阿煌突然打電話給他說，海鯨一家要搬到臺北去了，他要跟他相約吃個飯，請他當陪客，當然還有一些小時候的鄰居。阿耀很高興地赴約了，因為自從阿爸他們兄弟分家後，他就很少回到舊厝。見見老朋友，談談往事，是一件令人感到愉快的事。

海鯨的體態忽然抽長起來，以前囤積在肚子裡的脂肪，全部平均分攤到全身，晶瑩剔透，加上原本就有一張俊秀的面孔，顯然已經是個走到哪裡、亮到哪裡的小帥哥。阿煌留著小平頭，在學校裡因課業差，而被壓抑的領導統禦才能，如今在物競天擇、弱肉強食的社會裡，可說是發揮得淋漓盡致。

阿耀等人和一個現在還在舊厝種田的親戚坐在一起，他告訴大家記憶中的那片竹葉林已經被鏟平，蓋了房子，住了一些有錢人。聽說賺了錢的建築商，開始在動那片舊厝的腦筋。

從沸滾的海鮮店望出去，龍山寺的飛簷一隅，刻劃在紫霧迷離中，彷彿一支號角似的，嗚嗚咽咽地吹出一首，不知在那裡聽過的悲歌。

「現在那片竹葉林要蓋大樓了。」阿耀向海鯨敬酒時，順便一提：「你還記得竹葉林的小屋嗎？」

「小屋，記不起來了。」他略作苦思狀，然後回答。

「就是拖垃圾和划龍船的，住的那棟小屋呀！」

海鯨俊俏的臉忽然紅起來，說：「小時候太作孽，偷看人家夫妻做愛。」

阿煌的記憶力超強，說了很多細節，然後峰迴路轉地說：「就是那個謀殺親夫的刣龍船的嘛。」

「什麼？」阿耀吃了一驚。

一有人注意聽他發表高論，阿煌就得意起來，口沫橫飛的說：「你不知嘛？為了這件事，阮阿母特地跑去土城，我做工的地方，跟我講的。她是聽田半仙說的，你應該還記得她吧！刣龍船的討客兄，害怕拖垃圾的知道，於是捉了一尾毒蛇，半夜裡放出來咬他。」

「亂講！刣龍船的為什麼沒被捉去關？」阿耀忿忿地為刣龍船的辯解。

「哎呀！這種事大家肚子裡明白，誰會說出去。刣龍船的雖然跛腳，可是年輕啊！又有幾分姿色，難免會有人看著流口水。何況拖垃圾的又老又醜，也不夠力了，找個壯一點的小伙子，享受人生，才不會浪費青春。」阿煌一面說，一面對海鯨擠眉弄眼。海鯨把頭一歪，當作沒看見。

他這頓搶白使阿耀啞口無言，卻又難消心頭盤旋不去的好奇心，於是下定決心去弄清楚這件事。酒足飯飽之後，大夥起鬨去逛華西街。當他看著一個個在後街煙視媚行的女人，以及被剝了皮，而依然緩緩蠕動的蛇時，感到一陣反胃。方才喝的生啤酒，吃的生魚片，全部嘔了出來。

雖然到今天，阿耀不曾再見到刣龍船的，亦無法鑑定整件事情的是非，但是不知道為什麼，他就是認為刣龍船的絕不是田半仙、三嬸和阿煌他們所說的那種女人。

阿耀是個多愁善感的文藝青年，為了這件讓他童年蒙上陰影的事件，曾經有感而發的寫信給海鯨。他記得有那麼一段：也許，我們有些信念曾經時光的流逝而變遷，因人事皆非而動移，甚至因自我的滄桑而棄甲歸去。但是我總覺得在五彩繽紛中，為自己留下一些純白，有一些信任，那麼活著，可能就不會那麼痛苦和無奈了。

好幾年之後的清明時節，阿耀和阿爸阿母回舊厝的後山去掃墓，總會發現滿山荒墳中，有個最不起眼的碑，但是卻最乾淨。看不見一莖野草，一片廢紙，那就是拖垃圾的墓。望著墳頭一株圓圓的龍柏，好像是從天空淌下來一滴、一滴綠色的眼淚。墓碑前的花枯了，但是阿耀堅信划龍船的，再過幾天會如同他小時候愛看的漫畫書裡，那些絕代佳人一般，盈盈地從藍天白雲深處飄下來。

第一章

「關於衛星工廠的產品，我覺得有重新擬定品管抽樣計劃的必要。按照以往的慣例，我們為了鼓勵衛星工廠，如果抽驗的結果好，就可以獲得減少抽樣數的優待。反之，則要加強檢驗。但是，以檢驗數據和生產線上的實際發現，他們送來的產品的品質有每況愈下的情形，所以抽樣計劃要加嚴。」

連燦耀的手指不停地按動電腦上的鍵盤，座前的白板上立刻出現各種曲線。昏暗的會議室裡，坐著十幾個人，似乎都在專心聆聽。

連燦耀是剛加入瑞毅生物科技公司的新任研發工程師，被高薪挖角過來負責產品製程的改進。他的長相普通，細長的眼睛下有明顯的臥蠶。不淡不濃的眉毛配著不高不低的鼻樑，恰如其分的嘴型。身材是一般人的型，連穿著也是普普通通的白襯衫、牛仔褲和球鞋。只因為公司的規定，所以外面再加上一件實驗衣。

但是在這麼一個平凡人的身上，卻有著一股不尋常的性格。他喜歡文字、喜歡胡思亂想、喜歡把幻想轉換成文字，再組織成文章。然而他很低調，因此除了認識多年的親友，幾乎沒人知道他以前寫過很多短篇小說這件事。直到有一天，他忽然想起小時候看見一個跛腳的婦人在玩蛇，那情景成了他童年的夢魘，久久無法離去。因此虛構了一個「婦人殺夫」的故事。沒想到竟然得了文學獎，還上了電視，才被同事認出來。但是跳槽到瑞毅生物科技公司之後，沉重的工作壓力使得他不得不暫時封筆。

「如果抽樣計劃加嚴，那麼他們可能會拒絕交貨，到時候會面臨停產。我個人看法是全數允收，然後由我們的人百分之一百挑選，將不良品退回之外，還要他們賠償工時。這種溫和的作法比較不會傷和氣，畢竟大家合作了那麼多年。」

連燦耀報告結束之後，就回到自己的座位上。坐在旁邊的人告訴他，方才有外線電話，並把寫著電話號碼的紙條遞過去。

連燦耀接過來、看一眼，上面寫著王先生來電、還有手機號碼。他想一想，依然摸不著頭緒，皺皺眉頭，隨手將紙條塞入口袋。

傳話的人名字叫做史正生，長的高頭大馬、方頭闊臉。由於具有原住民血統，五官十分深邃明顯。除卻那圓滾滾的紅鼻子外，也算是張差強人意的「開麥拉費司」。他很喜歡閱讀推理小說，也很愛動腦筋。當他知道連燦耀文筆很好，就時常慫恿他，要他把自己突發奇想的謎團寫下來。可是，偏愛純文學的連燦耀不為所動。

這次連燦耀能夠過來瑞毅生物科技公司，完全都是史正生一手牽線完成。他們是大學時代前後期同學，交情很好。只是史正生不必服役，畢業後就直接進入瑞毅生物科技公司擔任分子生物的研究，而連燦耀則是先進入製藥廠工作，後來出國深造。

由於瑞毅生物科技公司企圖轉型，史正生就建議高層聘請曾經是製藥界的品管高手來操盤，並推薦人選。連燦耀也想回國就業，於是一拍即合。

史正生看出連燦耀的不悅，悄悄地說：「對方說非找到你不可，語氣十分急迫。可能有甚麼重大的事情，所以不得不這樣。你出去講一聲、了解了解，免得誤了大事。」

「可是……。」

「我知道，你的提案暫時保留。如果有人說你的壞話，我替你記下，回來的時候一五一十報告給你聽，絕不遺漏半句。」

「噓！我去就是了，不必多言，以免影響他人。」

連燦耀匆匆離開會議室，回到自己辦公室。

「我是連燦耀，您是哪位？」

「我是王羨榮。」

王羨榮？連燦耀想起這個人，曾經在警界工作，後來轉換跑道，到台青電子當業務工程師。當連燦耀和台青電子總經理祕書小姐方露丹交往的時候，或是去找高雄找田安鑫，見過幾次面。他和瑞毅生物科技公司有業務往來，常來銷售或修理儀器。他個性開朗，喜歡捕風捉影，不去當狗仔，有點可惜。

「有事嗎？」

「你手機怎麼關機？」

「我在開會，不能接手機。」

「這樣啊，你不知道嗎？」

「怎樣？」

「我們田總死了。」

「台青的總經理，田安鑫嗎？」連燦耀一時無法相信自己的耳朵。

「是的，就是他。」

連燦耀不禁想起第一次和田安鑫見面的情形，當時他還是個大學生，為了學費，不得不拼命找工讀的機會。那年的暑假，他捏著一張「通知單」，既興奮又緊張地走進一棟造形摩登的大樓。心情隨著電梯的升起而升起，然後在剎那間的停止跳動之後，才跨出電梯。目的地是一家貿易公司，任務是應徵「業務助理」。

接待小姐很年輕，但渾身上下掩不住飽經社會歷練的滄桑感。她抓了張藤椅讓連燦耀坐下。幸好他眼尖，看出椅面凹了一個大洞，所以只用屁股的三分之一坐在椅沿上。左等右等，主考官都沒出現，縱然練過蹲馬步的連燦耀腹肌和腿肌也開始發痠。就在他的屁股一點一點地往洞裡「淪陷」時，主考官終於出現了。似乎是剛午睡醒來，竟然還穿著汗衫短褲。對了！那個辦公室沒有裝冷氣，但是有架威力強大的電風扇，把連燦耀剛梳理過的頭髮吹得亂七八糟。

經過介紹，連燦耀才知道主考官名字叫做田安鑫，也就是這家貿易公司的總經理，肚子裡很有些墨水，問的題目很中肯，而且有內容。就在兩人討論「市場開發」，談得正興頭時，忽然傳來一陣嬰兒的啼哭聲……

「喂！阿龍哭得那麼兇，還不快去看看。」總經理擰著眉頭對那位年輕小姐發號施令，沒想到對方連理都不理他，依然埋頭在帳簿堆裡，總經理只好攤攤手，自己去照顧小孩。

後來，連燦耀加入了他們的工作行列，才知道那位年輕小姐是總經理的太太，頭銜是董事長。所以這個貿易公司總共有三個成員，另外一個是他們七個月大的小孩。後來隨著業務的擴大，當連燦耀因畢業而辭職時，公司已經有十多個人。可是，那張破洞的籐椅還保留著。

工作期間，連燦耀才弄清楚田安鑫是小學同學的表親，曾經住過同一個村子，所以也算是舊識。他們聊起往事，田安鑫告訴連燦耀他年輕時候是個乩童。

「你曾經是個乩童？」

「哈哈，你不相信吧。」

「我爸爸是有名的田半仙，你應該有聽說過吧。」

「當然聽說過，印象深刻。後來你怎麼沒有繼承令尊的衣缽？」

「學校的老師和校長說服我爸，讓我繼續升學讀書。他的衣缽就由我弟弟繼承了。」

「令尊身體還好嗎？」

「他不到四十歲就做仙去了。」

連燦耀不知道怎樣接話，就說：「我記得我小時候不好養，常常生病。我阿嬤說我體質易於常人，招惹一些有的沒的，所以令尊曾經有一、兩次來我家替我收驚。」

「我記得是因為拖垃圾和划龍船的事，當時我擔任我爸爸的助手。所以，記得很清楚。」田安鑫嘆了一口氣，說：「沒有想到最後會發生那種事，真怨嘆。」

連燦耀想要追問，到底是發生甚麼事情。好像剛好有人進來找田安鑫，就被打斷。後來，兩人都沒有再提起這件事。

不知道到底再經過多少年，連燦耀偶然看到一本工商雜誌。上面有著田安鑫和他老婆的照片，文章描寫他們創業成功的經過，員工達千人之多，市場遍及海內外。掩卷之餘，對那張破洞的籐椅興起了無限的懷念。直到半年前，他參加某次管理訓練課程，田安鑫竟然是其中一位講師。連絡之上後，兩人就變成好朋友，田安鑫不但和連燦耀分享他多年的祕密，還將他的女祕書介紹給他認識。

「他和女祕書雙雙死亡。新聞鬧得好大，你竟然還不知道。」

「我真的不知道……。祕書，會是露丹嗎？怎麼會這樣子呢？」連燦耀感到一陣晴天霹靂，心亂如麻。

「雙雙死亡，所以他們是自殺，還是……？」

「不知道，眾說紛紜。我自作主張打電話給你，希望不會造成你的困擾。有空多聯絡，再見。」

連燦耀搞不清楚並非深交的王羨榮，為何來傳達這個消息。不過，兩人的突然過世，讓他不勝唏噓。尤其是露丹，雖然那是一段過去的戀情。

記得露丹在去年十二月，送了他一個非常精緻的小月曆，裡面有十二幅基督教聖地水彩畫，還有引申聖經金句的散文。他十分喜愛，常常在心情不平靜的時候，大聲地唸那優美清新的句子。後來兩人分手，他還是保留著那個小月曆。

掛上電話的連燦耀從抽屜取出那個小月曆。好快喔，已經分手三個月了，連燦耀將月曆翻到兩人分手的那個月份。畫面是加利利的葡萄園，翠綠的色系，令人感到和平，以及淡淡的幸福。他輕唸著：「已經五月了，陽光變得可愛起來，願意走出去讓它曬個飽。我們可以在輕暖的空氣中長長地吸口氣，從心底裡真正喜歡它。若能心存感激，天父所預備的每一天供給的每一份奇異和美麗，讓我們分享。」

「讓我們分享！」不錯，在這個濃情蜜意的夏日午後，如果有個朋友來陪你喝茶、看看窗外的風景，談談悲歡離合的人生，該是件多麼愉快的事。但是，生離已經不堪，何況死別。

田安鑫在訓練課程結束之後，曾經主動請他吃飯，除了想瞭解連燦耀的別後進展及近況，主要目的是幫他介紹女朋友。那個女孩就是方露丹，跟隨田安鑫多年的祕書，個子很高，不論外表和談吐都是連燦耀所欣賞的那種型。而方露丹似乎也很欣賞連燦耀，於是兩個年輕人一見如故。只是一個在高雄，一個在新竹，所以愛情只能用文火來烘焙。後來實在經不起時空的考驗，就很理性地分手。兩人仍然不時有所連絡，當然是限於男女之外的友情。

剎那之間，一些回憶紛紛又浮上連燦耀的心頭。

其中令他最難忘的是兩人曾經一起去參加座談會。其中有個講師要大家先看一部很老的浪漫愛情電影《桃色交易》，內容描寫億萬富翁看上某個美女，願意付出一百萬美元邀她春風一度。她表示該片原本是讓現代男女滿足個把鐘頭的迷離幻境，沒想到引來女權主義者的口誅筆伐，認為這種買賣女性的行為，簡直是可惡透頂。殊不知看片的觀眾，尤其是女性影迷，根本不當一回事，依然不斷地往電影院裡跑，甚至揚言，只要男主角勞勃瑞福開口，一毛錢不拿也願意和他上床。

依據連燦耀的認知，方露丹就是那百分之一百的女權主義者，所以她會成為自己最痛恨的情婦祕書嗎？

記得看完該片時，她就說如果她有錢的話，她會著手開拍《新桃色交易》，描寫一位貌美多金的女強人，看上女性友人的丈夫，願意付出一千萬美元（那個時候，美元大幅貶值，和愛情一樣），買下他的一夜服務。該片推出後，轟動全球，尤其男影迷更是瘋狂地愛上劇中的女主角，別說不用付錢，倒貼一千萬美元，都想和她……。

連燦耀笑著說，如果我是編劇的話，我會將傳統的純情女性電影，紛紛改成純情男性電影，而最常見的情節是——一對好朋友同時愛上一個英俊斯文的男孩，然而為了女性之間的情誼，就妳推我讓，讓觀眾看得又愛又恨，整條手帕都濕了。另外，窮女孩愛上富家男，門不當戶不對地造成鴛鴦離散，然後窮女孩扯上黑社會，然後富家男遇人不淑，過著以淚洗面的日子，然後兩人意外重逢，然後……然後又一大堆的然後。

連燦耀又說：在中國電影裡就有太多千金小姐救書生，以及武俠片的女俠、神怪片中的女鬼狐仙等等題材，用之不竭，反而成了各國抄襲的對象。那個時候，美國一部獲得奧斯卡金像獎的電影，便是取材自中國章回小說《十三妹與安公子》！

「想不到你的想像力那麼豐富。」

當他和方露丹分手時，還寫了一篇文章紀念那段早夭的感情。很好的一個女孩子，怎麼說死就死，而且是和有婦之夫的上司雙雙殉情。雖然尚未經過證實，但是這種結局未免太荒唐了吧！縱然連燦耀的想像力有如天邊彩霞般那麼豐富，也被驚嚇的情緒推入黑夜的深坑，無法施展。

連燦耀抱著想多知內幕的心情，搜尋相關網站，把所有有關的新聞和資料仔仔細細地翻了一遍。

最後理出來的頭緒是——台青電子公司總經理田安鑫和他的女祕書方露丹共飲一瓶摻有氰化

鉀的飲料，雙雙暴斃在辦公室裡。由於事出突然，所以傳說紛云。有人認為兩人之間有曖昧關係，然而田安鑫已有妻室，為了維持聲譽，對方提出分手的要求。方女不甘受辱，所以將摻毒的飲料給田安鑫喝下，為了逃避社會輿論和接踵而來的法律問題，便和田安鑫共赴黃泉。

是這樣嗎？難怪田安鑫想把方露丹介紹給他，就像玩膩的火柴盒小汽車，順手丟給沒有玩具的他……連燦耀不得不胡思亂想。

另外一種說法——田安鑫雖是台青電子公司總經理，本身的財務卻是赤字連連。他本來經營一個小公司，由於心比天高，所以應徵台青的總經理。然而依照台青電子公司的規矩，想成為公司的重要人物，一定要投資，否則撈飽油水，拍拍屁股就走，所以田安鑫四處借貸。聽說有人借錢給他是希望能和台青做生意，沒想到他們的財務副總一向公事公辦，根本不給高高在上的總經理田安鑫放在眼裡、甚至故意刁難。那些債主失望之餘，紛紛向田安鑫要錢，弄得他焦頭爛額，因而興起自殺念頭，還把美麗的女祕書拖去墊底。關於這個說法，連燦耀是絕對不相信，但是出現在媒體上，也就是說既然有人報導，那必定就有人會相信。

還有一些說法，由於田安鑫和方露丹共飲的飲料是勇士力運動飲料，可能是有人模仿千面人在飲料下毒，想向勇士力公司敲詐，而他們是犧牲品。關於這種說法，勇士力公司鄭重提出否認，並列舉他們的品管流程，以及鋁罐裝飲料不可能被下毒的證明。至於警方不排除他殺的因素，也積極地進行調查。

連燦耀一看窗外完全暗下來，正是倦鳥歸巢的時刻。可是，他不甘願地望著行過來、走過去，急著回家的同事。摸摸口袋中的手機，尋找適當的人選、以便傾吐心中的苦悶。最後他決定還是向王羨榮詢問一些更深入的消息。

當對方開始訴說田安鑫和方露丹的緋聞，以及前者的財務糾紛……他錯愕地望著玻璃窗，由於夜色的襯托，看起來像是一面鏡子。

鏡中人喃喃地對他說：「這是一樁殘酷的愛情幻滅事件嗎？」

電話裡的聲音傳來：「咦？你說什麼？不過，我們台青的人不以為田總經理會是那種輕言自殺的人，他是何等人物，見過什麼樣的大風大浪。至於殉情之說，那有人在辦公室殉情？不都是選擇美麗的風景區。要不然就是享受一頓美食大餐之後，找一家賓館度過最後一夜。所以，一定是他殺，既然是他殺，兇手必然是方祕書。但是有人堅持反對的意見，方祕書青春美麗，而且好像另外有男朋友，犯不著去做那種傻事。所以，另一種最可靠的說法兇手另有其人，一位神祕的第三者，聽說案發當天……。」

辦公室已經空無一人，連燦耀已經沒有興趣再聽對方所說的八卦。他忽然感覺好累好累，他已經沒有辦法管他們是自殺還是他殺，重要的是對生命的信任，已經逐漸褪色。一時之間，連燦耀忽然想不起方露丹的長相，彷彿一幅轉來轉去的沙畫——黑色的沙和白色的沙在玻璃框下糾葛纏綿，千變萬化，就是沒有永恒。

歸途，連燦耀走過一家婚紗禮服店，那是棟造型別樹一格的建築物。恰似那切下三分之一的派。雪白的牆和藍色的瓦簷，是乳霜和藍莓糖漿，在秋風送爽下飄來虛無的香氣。他終於想起方露丹的容顏，就是掛在婚紗禮服店中的新娘獨照揭起遺忘的輕紗。

第二章

可能是天氣炎熱，連犯罪者都懶得出來活動。如果這個理論成立，那麼馬組長寧願每天都是攝氏四十度，管它什麼電力不夠，或是乾旱缺水。

馬組長是刑事警察，今年三十八歲，從背影和身材及走路的樣子，會被人誤認為三十出頭。可是正面看到的那張臉，如果猜說四十八歲，可能還算是種恭維。他不曾得過天花，可是臉皮卻凹凸不平，有些像碾瀝青前的砂石路面。尤其是那特殊的髮型，更令人一見難忘。頭頂留齊短髮，底下剃成青青的一片。隨著毛髮的成長，青青的一片變成黑黑的一片，黑黑的一片上面就是一叢永遠不怕風雨的野草。這種頭頂奇觀加上鱗片狀的臉，很多人就在背後叫他「鳳梨」。

由於沒有什麼案件事發生，所以辦公室員警格外輕鬆，有人建議買飲料和零食。跑腿的人就依據眾人的要求在紙上記錄下來——美魚香絲、夢夢仙貝、巧玲果、浪芝爾茶……勇士力……。

「沒有勇士力……。」跑腿的人搖手說道。

「為什麼？」提議的人問道。

「運動飲料裡面，我最喜歡勇士力，而且非勇士力不喝。可是這幾天，我去買的時候，超商的小弟都說缺貨。」

「沒錯，我家附近的那家超商也沒有賣勇士力。」有人附和著說。

「聽說換了一個產品代言人，最近賣的特別好。」

「換了一個很像張國榮的帥哥，很有魅力。他那充滿知性的神情，對於產品很有說服力。」

「我最喜歡看他一面看著夜空、一面喝著勇士力。好像喝了一罐，所有的煩惱都會消失無蹤。聽說他是勇士力公司的高層，曹甚麼發，很有能力。一看就是人生勝利組，當產品代理人，很有說服力。」

「你們一說，我倒想起一件怪事，今年六月底我買了一打勇士力，在付錢的時候，忽然出現一群人，穿著勇士力公司的制服，把架上的勇士力全收走。其中一人看到我的籃子裡有勇士力，連聲抱歉，然後把那一打也收回。」

「一定是品質出了問題。」

「可是為什麼沒有報導？」

「也許他們早一點採取步驟，所以沒有發生問題。」

「不愧是大公司，夠魄力。」

「最近食安頻頻出問題，還是小心為妙。」

「到底出甚麼問題？」

「連他們那種大公司都出問題，那小公司的產品更不能相信了。」

「話可不能這樣說，不能一概而論。」

大家你一言我一語，看到馬組長出來，音量稍微減弱下來。

馬組長的眼光往大家一掃，然後落在一個坐在角落，沒有參與「大家樂」的年輕人身上。他伏在桌上，前面是新發刊的警政公報。不過，馬組長心裡有數，年輕人只是做做樣子，因為他的眼光像打散的蛋黃，並沒有焦距。

「小張，到我辦公室。」

年輕人沒有反應，還是由旁邊人特意提醒他。

馬組長先回到辦公室，好整以暇地等待。

被叫「小張」的年輕人，約一七五公分，有著體操選手般優美的體格和張讓人想要捏一捏的娃娃臉。這張臉如果在演藝圈，經過包裝，說不定可以變成迷死少男少女的偶像歌手。

「怎麼會一副心神不寧的樣子，有心事嗎？」

「沒有心事，只是有種不祥的預感。」

「不祥的預感，不會是我喝水時，被水嗆死吧。」馬組長刻意地舉起茶杯，笑著說。

「我做了一個夢，夢見小時候的一個朋友被人殺了，變成了鬼魂向我申冤。夢境非常非常的真實，所以我一直無法釋懷。」小張的臉色有些蒼白，說：「我已經記不清楚那個人的面貌，但是知道他的名字就叫阿耀。很奇怪，他好像是我小學同學的弟弟，還是表弟或堂弟。我因為我爸爸被調職，所以只在那個地方讀過兩個學年，就是小學三年級和四年級。我的那個同學名字叫做阿煌，很頑皮，不愛讀書、也愛打架。可是，我很喜歡和他鬼混。那個阿耀是個跟屁蟲，他的功課很好，靜靜乖乖的，我們沒有特別交情。可是，好像他很喜歡文學，我記得轉學時，他曾經寫一封文情並茂的信給我。但是，從那個時候到現在也沒有連絡過，甚至不曾從第三者的口中得到有關他的消息。」

「夢中申冤，雖然常常聽人提起，而且我也讀過相當多關於這方面的報導，但是總覺得有些不可思議。」馬組長是個心胸開闊的主管，對於不同的聲音，總能以客觀和理性的態度視之。於是他從書架上取下一本心理學，翻到「觀念活動」的那一章，大聲地唸到：「睡眠時大腦的活動降低，對某些刺激雖有模糊而奇特的印象，但是大半未與實際的環境接觸。譬如鬧鐘的響聲，往往會被當作管弦樂的演奏聲，腳的寒冷則以為是在冰天雪地中走路。」

「我讀過佛洛伊德的論文，他認為一切的夢都是某些願望的變相滿足。」小張附和地說。

「而且這些願望往往是從兒童時代起，一直受到壓抑的。」講到這裡，馬組長把書歸回到書架上，笑著說：「原來你一直想當開封府的包青天。」

「我承認——或許那就是夢的動機。但是夢的材料顯然應該是由清醒生活的經驗中得來。」

「我個人認為阿耀只是個符號，代表許多受害者，向你伸出待援的手。」馬組長站起來，拍拍小張的肩膀，說：「如果你耿耿於懷，我不反對你著手去調查。但是，千萬要記住，不可走火入魔，畢竟我們仍然是生活在三度空間的世界。」

「組長，你是不是有事找我？」

「其實也沒什麼事，只是想找人講講話。」馬組長接著又說：「小張，你還記得十天前，台青電子公司總經理和祕書小姐雙雙服毒死亡的案子嗎？」

「記得。」

「承辦該案子的負責人是老郭，我的多年好友。」

「郭達手組長。」

「聽說他被搞的焦頭爛額，我想助他一臂之力，可是又怕他面子掛不住。聽說，本來已經鎖定一名最有犯案動機的嫌疑犯，卻因為從錄影畫面判斷，身型不符。所以一切歸零，從頭開始。畫面中的嫌疑犯留下一個模糊的線索，他右手的中指背面，有一個類似胎記或刺青或畫上去的圖樣。我不想太深入了解，怕他誤會。」

小張猜想兩人有瑜亮情結。

原本一言不發的電話，忽然鬼哭神號起來，馬組長反射作用似地拿起話筒。

一分鐘、兩分鐘……三分鐘。

三分鐘之後，馬組長面色凝重地說：「恐怕沒有辦法去管他人瓦上霜，因為我們是泥菩薩，自身難保。走吧！有命案發生，我們立刻趕去命案現場。聽說是件棘手的密室殺人事件，所以大家要有心理準備。打起精神，加油！加油！」

第二章

連燦耀趕一份「品管抽樣改進企劃書」，已經趕到快窮途末路，可是總覺得不夠完美，看看時鐘，快五點。看來非加班不可。這個時候桌上的電話響起，連燦耀沒好氣地把話筒拿起來。

「連燦耀，我是王羨榮。」彷彿唯恐對方認不出來似的，加強語氣地說：「前幾天，你打電話給我，打聽有關田總和方祕書雙雙死亡的消息。我現在就在貴公司的會客室。」

「你怎麼會來我們公司？」

「我是做業務，到處跑。打聽打聽每一家公司有沒有新的研發案子，需要甚麼新的儀器，或是關心一下有甚麼問題，需要甚麼服務。我常常來貴公司串門子，只是你不知道而已。我一知道你在這裡上班，就一直想找機會過來找你，你現在忙嗎？」

「笑話！老朋友從高雄來，縱然有老闆要我去開會，也要推掉。」

王羨榮現身的時候，下班鈴聲正好響起。於是連燦耀就帶著他往公司附近的美食街走去。王羨榮顯然是匹識途老馬，一番指指點點之後，兩人並肩走入一家啤酒屋。

連燦耀把菜單遞給王羨榮，自己則為兩人先叫了啤酒。

「看起來，你在台青電子混的還不錯。」

「每況愈下，尤其是田總死了之後。人事可能會大整頓，我可能會被調到內勤。習慣了常常要出差，東南西北跑，雖然有夠累。可是想到以後要固定朝九晚五，每分每秒都要待在辦公室，我就一個頭，兩個大。」

「最近有在玩漆彈遊戲嗎？」

「不當警察之後，就比較少玩。對了，你刻意打電話問田總和方祕書的死，後來怎麼又不感興趣？都不跟我聯絡。」

「你還說，不是你先打電話跟我說的嗎？後來呢？有沒有什麼結果？」

連燦耀當初的激情悲憤因為無力感，並隨著時間而逐漸冷卻，原本想把那些血色的記憶徹底消除，但是王羨榮意料之外的出現，分明是吹皺一池春水。看來今晚是命中註定，無法脫身。對於血液流著文學因子的他，此時此刻，那鉤掛在半天的新月，宛如是露丹的面孔，淒楚地看著自己。

「一陣風，一陣雨，然後出大太陽，什麼都沒了。」

老闆端來炒海瓜子，蔥燒花枝，薑絲小卷和一大碗公的蛤仔雞湯。生啤酒更是不能缺，連燦耀對酒類很排斥，但是為了老朋友，只好捨命陪君子。

「殉情之說，不攻而破。」王羨榮再喝一口啤酒，500毫升的杯子立刻空了。打了個呃之後，他又說：「據說那一天，田總還高高興興的，因為他的大陸投資計畫已在董事會高票通過。早上十點左右，他要祕書到他辦公室，整理下午的會議報告。可能報告的內容涉及層面太廣，所以方祕書不停地進進出出，一下子到檔案室調資料，一下子打手機問參加人員的意見。田總的辦公室採開放式，所以門都是開開的，經過的人都可以探頭探腦一番。據目擊者所言，十點半左右，兩個人還為了公文在討論。但是到了十點四十五分，就發現田總仰面倒在沙發椅上，而方祕書側身躺在地上，旁邊散著會議報告。」

「據我所知，田總可能要替方祕書介紹男朋友。」王羨榮為自己再叫了一杯啤酒，而連燦耀也趕緊乾杯跟進。他接著說下去：「講到這個，我就很鬱卒，田總明明知道我很喜歡方祕書，但是偏偏又介紹給別人。」

「嗯。」

「那個別人就是你吧！」

「我們只是短暫交往，而且已經分手了。」

「你不會由愛生恨吧？」王羨榮面露崢嶸，分明是借酒裝瘋。

「你講甚麼鬼話？」連燦耀也變臉了，狠狠瞪著對方。

連燦耀不想談這個話題，只催著對方繼續方才的話題。啤酒來了，王羨榮一口喝了三分之一，連燦耀紋風不動，顯示兩人心情大大不同。

「於是警察就來了。他們發現兩個人共飲一罐勇士力運動飲料，因為辦公桌上放著兩隻杯子都含有劇毒氰化鉀。由於沒有人看見方祕書有拿飲料進去，所以判定那罐勇士力運動飲料是存放在田總辦公室裡的小冰箱。方祕書每天都會替田總的小冰箱裝些點心或飲料，但是採買不限她一個人。據調查，採買的人說從來沒有買過勇士力飲料，至於是田總買的，或是方祕書買的，誰都不知道。」

王羨榮的啤酒只剩下三分之一，而連燦耀的只消失三十分之一。

「田總有沒有與人結仇？」

「你說到重點！可是會用這種下毒方式來報仇，總是……公事上的仇人總會在金錢或權力上鬥垮他。所以推論可能是私人方面的恩怨吧！可是私人方面的仇人怎麼可能進入辦公室下毒？依據警方的調查，是將氰化鉀放入勇士力運動飲料之中，兩人中的一人將它分別倒入兩隻杯子中……。」

「會不會是該飲料原本就有毒，兩人是無辜的受害者。」

「有可能。可是飲料公司不承認，他們為了證明他們的清白，除了出示所有檢驗資料和製造過程記錄，並邀請權威人士去該工廠做深入的調查。為了道義上的責任以及保護消費者的決心，他們已經全面回收該批的產品。」講了很多話的王羨榮看看酒菜吃的差不多，意態便有些闌珊。

連燦耀記得有這件事，說：「我記得你說在案發當天有神祕的第三者，因為當時不想耽誤你太多時間，所以沒有能夠詳細地聽你說下去。」

同樣是酒足飯飽，兩個人卻像翹翹板似地反過來，原本是比較沉默寡言的連燦耀忽然口若懸河起來。

「時間不早了，我想早一點回去休息。」王羨榮不斷地打哈欠。

「你真沒用，這麼快就不行。」

「嗯。真的不行了。」

「你是住哪間飯店？等一下散散步，走回公司，我開車送你過去。」

「酒後不開車，你忘了。」

「我才喝多少，加上走回公司這一趟的時間，沒問題啦。」連燦耀心想，如果車程太遠或是感覺不適，再幫他叫計程車。他還有一些事情要弄個清楚，今晚不能這樣結束，王羨榮的突然來訪，必有用意。他的目的或許達成，但自己的才開始。於是，他再問一次：「你是住哪間飯店？」

「嬌嬌賓館。」

「哇！那是我們這裡最有名的豔窟，你今晚可要小心。」

「為什麼要小心，我又不是你，假正經。」王羨榮忽然又現出耍賴的樣子，問道：「你認識顏啟俊嗎？」

「誰是顏啟俊？」

「台青電子的廚師，嫌疑犯啊！」

「我不認識。」

「真的？」

「你問這話，很奇怪喔。甚麼意思？」

「案發當天，方祕書忙來忙去，田總也會上上廁所或是到外面來影印或傳真，他的辦公室總會有唱空城計的時候，兇手就乘虛而入。警方聽從眾人的意見，認定兇手可能是廚師顏啟俊，因為他有強烈的殺機，只是後來調閱錄影帶，發現那神祕的第三者身材比例和顏啟俊不符，而且右手中指有塊黑斑。所以，顏啟俊的罪嫌就被洗清，他也憤而辭職。不過，公司也給他一大筆遣散費。」

在王羨榮的陳述中，兩人已經回到公司。

顏啟俊？啟動車子引擎的連燦耀也啟動了記憶的引擎。開車中的他越想越不對勁，並非他想不起顏啟俊這個人，而是另一個可怕的念頭。

他不放過一上車就睡死的王羨榮，用手肘去頂他，說：「我請教你。」

「嗯。」

「你好像在懷疑我喔？你今天是不是特別來新竹調查我？」

「跟你開玩笑，你還當真。很可疑喔！」

「事關人命，不可以亂說話。知道嗎？」

「是，遵命。」

「你知道那兩隻杯子及打開的罐子中的飲料，它們氰化鉀的含量是否一致？」

「我不知道。」

「如果是一致，表示毒是放在勇士力運動飲料中，如果不是的話，表示分別放進去。我想我有興趣去探索這個謎題。」興致勃勃的連燦耀擺出一副名偵探的模樣，發表他從網路發掘和收集的資料。

「依據警方的調查，兩隻杯中和打開的罐子中的飲料，全部含有氰化鉀。我覺得像勇士力運動飲料，含有二氧化碳，一般都是馬上打開馬上喝。所以一定是田總經理或方祕書打開，然後倒在杯子喝。兇手，姑且不論是兩人中的誰或是神祕第三者，假如要把氰化鉀偷偷放罐中，勢必要先打開拉環。可是當我們看到拉環被拉開的罐裝飲料，必定認為有人喝過，尤其是用嘴直接喝，不會再去喝。所以，如果真是這樣，兇手一定是兩人中的任何一個，也就是殉情，否則就是謀殺對方。萬一是神祕第三者，無法理解如何在完整的勇士力飲料中下毒。」

王羨榮不理他，自顧自的呼呼大睡。氣得讓連燦耀故意連連剎車，可是似乎不管用。到達目的地，目送王羨榮下車離去，連燦耀不由自主地陷入沉思。

第二天晚上，連燦耀約史正生相談。

這是一間氣氛很好的茶藝館，牆壁上掛著古畫，竹櫥擺了各式各樣的陶器。巧心布置的天花板彎垂著匹匹黑布，在幾盞笠帽燈的烘托下，彷彿是重樓外的夜空，獨缺一鈎千里相思的明月。

連燦耀調整桌燈的亮度，竹罩的花紋投影在史正生的臉上，時而清晰，時而朦朧。但不管如何，淺淺的輪廓浮現出名偵探的架式。

史正生靜靜地看著連燦耀，等待他開口說話。此時，穿著鳳仙裝的小妹端來兩盅蘋果茶，史正生紅滾滾的鼻頭在燈光下油亮油亮，他用手示意連燦耀先嚐一口，可是他不領情，沙啞地說：「你知道嗎？我一定要找個人談談，否則我會……心口像有一爐火，滿胸膛盡是悶悶的煙，燻得我真想像條瘋狗，在大馬路上亂叫。」

聽完連燦耀的敘述後，史正生冷靜的結論：「所以，你認為田總一定是他殺，而他的祕書是遭受池魚之殃。何以見得？」

「我只是直覺。」

「直覺？」

「我直覺田總和方秘書是被某人所毒殺。」

「某人？」

「我記得田總曾經跟我提起他父親過世。我隱約也聽過他父親過世的一些奇怪的傳聞。我們再度聯絡的時候，他曾經跟我詢問有關Apitoxin的問題。」

「Apitoxin？」

「你把生化全部都忘光了嗎？就是Honey Bee Venom，也就是時常被應用在化妝品中的蜂毒。」

「田總為什麼會問你？」

「因為他的父親死於蜂毒。他的父親是個乩童，大家稱呼他田半仙。」連燦耀簡單扼要的說明他如何和田半仙相識。

「怎麼會死於這種毒類呢？在臺灣這個地方使用蛇毒是非常方便，然而使用蜂毒就很耐人尋味了。因為只有某些區域的蜜蜂才會長有如此厲害的毒刺，可能是在馬來西亞的叢林。」

「你怎麼知道？」

「你忘了，我們研究所裡的曹堅志教授不就是研究昆蟲生理。我曾經修過他的課。」

「曹堅志教授？他不就是曹星發的父親嗎？」

「嚴格來說，是養父。我曾經聽曹教授說，他常常幫助一些孤兒院的小孩。有一次，孤兒院的院長跟他說，有個小孩的金援斷了，須要他特別的幫助。曹教授看看那小孩，長的聰明可愛，很有他的緣，就收養他當養子。」

連燦耀的眼前不由得浮起曹星發那張清秀斯文的臉。不錯！當時的曹星發真的是英俊秀逸，簡直是港星張國榮的翻版。在連燦耀的記憶裡，好像有什麼唱片公司的人找他去唱歌、拍電影。甚至曹教授都全力支持，但是曹星發不為所動，一心一意表示只想把書唸好。

「我記得曹星發當時還是個高中生，只因為他既然是教授的兒子，所以有時候曹教授會要求我幫他補習功課。但是令我感到不解，聰明的曹星發雖然幾乎時時刻刻都在唸書，可是成績並不出色。當時有人說，曹星發只是將書本當做擋箭牌，因為他有自閉症，無法接近人群。」

「他俊逸的外表之下，一定有著不安定的心靈。」

「不過，曹星發好像特別喜歡接近你。」

「說老實話，我當時也有那樣的感覺。所以，刻意和他保持距離。結果是我自作多情，真好笑。他不知從哪裡打聽我的出生地、還有念小學的地方、還有我認識的一些人。反正他遇見我，就是刻意要談論那些我幾乎忘光光的陳年往事。不過也虧他，激發我以後寫作的靈感。」

「就是那篇讓你一炮而紅的〈竹葉林的祕密〉？」

「哪有一炮而紅。是的，就是那一篇。但是，我是多年之後，才參加文學獎徵稿，有些年代了！我們把話題扯遠了。」連燦耀雙眉一皺，明顯的臥蠶更明顯，說：「嗯，總之，田總知道我是學生化的，又曾經在藥廠工作過，才找我聊起他父親離奇死亡，想要弄清楚，企圖找到事情的真相。」連燦耀喝了一口茶，繼續說：「依據他的說法，九年前的十月十二日上午，他的父親死於家中臥室。死因是被人用餵毒的小箭劃傷。由於毒液屬神經性劇毒類，所以傷口雖小，卻難逃死神的利爪。死亡時間約在凌晨四點多，令人不解的是死者全身赤裸，四肢被銬在床的四端。」

「性虐待？」

「誰知道？根據法醫報告，死者是因為呼吸麻痺而死亡，被小箭劃破的腿部肌肉，有充血和腫脹，組織壞死的現象。當時實驗室報告只說是神經毒素致死，沒有確定到底是哪一種毒素名稱。這也難怪，當時分析化學並不發達，很多儀器都很簡略。我是說當時的臺灣。」

「有嫌疑犯嗎？」

「有，這也是田總難以啟齒的地方。自從他的母親過世之後，他的父親竟然涉足同志圈，還和一個大學生愛得死去活來。後來，礙於田總的前途，忍痛慧劍斬情絲。可是那個大學生不願分手，所以痛下殺手。」

「動機既然如此明顯，就逮捕他歸案，不就得了嗎？」

「事情沒那麼簡單……。」當連燦耀把尾音拖得長長的，午夜的氣氛驟然詭異起來。往事如煙，滿天疑雲，以及田總呼喚亡父的聲音，輕輕地在記憶之湖蕩漾出一圈又一圈的漣漪。

「事情可沒有那麼簡單……。」他再重複一遍，然後說：「那名大學生有充分的不在場證明。根據法醫說明，田半仙的死亡時間約在凌晨四點多，被餵有蜂毒的小箭所劃傷可能在一、兩點的時候，也就是他中箭至死亡約兩個至三個小時。大學生說他在十月十一日晚上，到友人家打牌。而那個大學生的一干牌友皆表示，他從當晚十點到隔天、也就是十月十二日上午九點，分分秒秒都和他們在一起。」

「沒有偷溜出去？」

「絕對沒有！所以警方把注意力，集中在他如何製造不在場證明。」

「真有趣，如何進行？」

「先從田半仙赤裸地被銬在床邊為起端。那個大學生說田半仙嗜好被性虐待。那個晚上，離去之前，他們兩個曾經那樣做愛過。」連燦耀說：「當初，真是難為田總，如果不是真的想要一探究竟，那樣說他的父親，也真是有夠折磨。」

「那個大學生是曹星發吧？」

連燦耀點點頭，說：「根據他跟警方的說詞，他說他要打開手銬，可是田半仙說不要，寧願這樣銬著睡覺。於是他就把鑰匙放在田半仙觸手可及的枕頭下，然後跑去朋友家打牌。田半仙的四肢並沒有被手銬腳銬磨傷的痕跡，可見他是心甘情願被銬。」

「我好像沒有聽過這則新聞。」

「我也沒聽過。我問田總，他說第一，當時嫌犯雖然是大學生，實際上還差一個月才十八歲，基於保護未成年，辦案不公開。第二，曹教授是國際知名學者，人脈眾多，自然有辦法找人幫忙壓住媒體。第三，他們聘請了一名非常厲害的律師。最主要的原因是警方也不想曝光，因為根本破不了案。」

史正生看著連燦耀點頭之後，表示他和曹星發一年前在某次工商聯誼會裡不期而遇。令他感到意外的是，曹星發竟然是勇士力飲料公司的代表，也是該次工商聯誼會的主持人。他幾乎變了一個人，八面玲瓏的談吐和長袖善舞的社交手腕，加上原本就高人一等的外表，使他成為當晚的明星。或許是工商聯誼會的發起人之一吧！所以時常主動打電話給史正生，邀請他參加各種活動。直到史正生離開臺北，來到新竹之後，兩人才又失去連絡。

「田總雖然怨恨他的父親，也試圖把那一切徹底忘記。但是每當午夜夢迴，父親慘死的一幕總是在心頭盤旋。尤其是這幾年，當他功成名就，追查真相的意念更加堅決。於是，他開始去收集當時的證據，發現了一些可疑的線索。」

「所以……？」

「我認為田總和那位祕書的死，可能和曹星發有所關聯。」

連燦耀說到一半，小妹過來替兩人的空壺加水，豔麗的鳳仙裝宛如幻化的火鳥。垂簾內的鄰座，可能是熱戀中的情侶，傳來窸窸窣窣的聲響，令人很想伸過頭去一探究竟。他眼角一撇，遠遠看到曹星發在電視機螢幕上望著繁星燦爛的夜空，喝著勇士力運動飲料，然後對他訴說他的人生多麼幸福美好。

第四章

天色很藍，那種藍就像是有人不斷地用深藍色的顏料，往上面抹，一層又一層，彷彿要遮掩某個可怕的祕密。有了這種聯想，縱然是風和日麗，連燦耀的脊椎骨也會感到微微的寒意。正是喝咖啡時間，實驗室的人都到交誼廳去，只留下他一個人在猛敲電腦。他必須將工程人員所提供的數據，整理出配合合理的結論，以便應付十分鐘後的會議。

安靜中，忽然響起的電話聲讓連燦耀嚇了一跳。

「史正生嗎？」

「我不是，請問？」

「你不是史正生嗎？」

「當然不是。」

「對不起，總機轉錯了。」

「沒關係，我幫你轉他的分機。」

「不需要了，麻煩你跟他說我是他的老朋友曹星發。聽說他找我。沒事了，再見。」

由於「曹星發」的來電，弄得連燦耀心情大受影響。因為那個名字代表某種微妙的意義。因此接下來的會議，他對於各種決議和方案都無法專心思考或正確應答。幸好他是新來的，所以大家認為他是謙虛受教或是尚未搞清楚狀況而沉默，也不為難他。

站在他那一邊的史正生在會議之後，問道：「怎麼忽然變成沉默的羔羊。」

「曹星發來電，他說你找他。」連燦耀答非所問。

於是，史正生拿出手機回打過去。談了約十分鐘，史正生把手機交給連燦耀。曹星發的語氣有刻意的興奮。

連燦耀和對方寒暄一陣之後說：「貴公司的勇力士運動飲料廣告做那麼大，我好像三不五時就看到你的代言廣告，難怪勇士力運動飲料賣的嚇嚇叫，幾乎人手一罐。你們家賺翻了，我後悔沒有買貴公司的股票。」

「快要不是了！」對方的語氣有過多的無奈，使連燦耀聽了之後，感到有些費解。

「另有高就？」

「公司經營不善，正要大力裁員。」

連燦耀半信半疑，說：「怎麼可能？」

「那只是表象而已，何況台青電子的田總和祕書出事，竟然怪上我們的產品。所以才落得這樣下場，怪也要怪我危機處理的經驗不夠。」

「警方不是證實那件命案和勇士力無關嗎？」

「你認為那是一宗命案？」

連燦耀忽然緊張起來：「難道不是嗎？」

曹星發似乎不欲多言，轉移話題說：「對了！你還記得阿煌嗎？」

「記得啊！阿煌是我遠房的堂哥。」

「沒多久以前，我回去老家看看，那片竹葉林變成豪宅。原來是阿煌的建築公司蓋的，我們聊了小時候的事情，唉！人事與景色皆非。」

「是啊！我不知道你小時候住那裡。」

「我沒有住那裡，是我的親人。」
「很久以前的事了。請問曹教授最近好嗎？」
「他退休了，在美國過著悠哉悠哉的生活。」
「太好了。」
一陣沉默之後，曹星發忽然問道：「你還在寫作嗎？」
「啊！早就不寫了。」連燦耀感到有些驚訝，曹星發怎會知道他的嗜好，便說：「大概只有你還記得我發表過文章吧！」
「怎麼會呢？你是永遠的大作家。我永遠忘不了你的成名作，〈竹葉林的祕密〉。」
當曹星發提及那篇小說時，連燦耀猛然想起小時候看見過一個跛腳的婦人在玩青色的毒蛇。那情景成了他多年的夢魘，久久無法離去。於是用小說的方式寫下來，因為喜歡文學的連燦耀認為只有小說的方式最能表達臨界死亡的感覺，或許可以用筆鋒將堅固的心牆挖出一個洞，釋放出那條盤據其中多年的青蛇。寫作過程中，真實的記憶和幻想交織成網。小說中的人物爭先恐後地跟他說他們的故事，逼迫連燦耀必須不停的改寫。參加徵文，得了首獎之後，因為讀友的討論和猜測故事中的「婦人殺夫」，令連燦耀更加不安，引來更多的恐懼，彷彿變成了他另一場夢魘。從此，他不再寫小說。
「關於那篇小說，我可以問你一個問題嗎？」
「時間久遠，我不知道能不能夠，請說吧！」連燦耀心中有數。
「嗯，你親眼看見女主角在弄蛇嗎？」

不只是曹星發，當時得獎後，記者和讀友都問過同樣的問題。連燦耀本來想回答說，那只是一篇小說，情節的真實性並不重要，重要的是他想表達人性和卑微人物的愛情。但是，由於徵文的宗旨是個人的真實經歷，所以連燦耀當初的回答和現在一樣。

「是的。」

「你確定？」

「是的。」

「當時你還小，你不會把青色的圍巾當成青色的毒蛇？」曹星發聽不到連燦耀的反應，繼續說：「是不是你捕風捉影，本末倒置。你會不會把後來男主角被毒蛇咬死的事情，推想是被女主角謀殺親夫。為了小說張力，所安排的伏筆。除了你，沒有人看見女主角餵養毒蛇。」

「那只是一篇小說……。」

「你說得太任性了，哼！那只是一篇小說。小說中每個人都是壞人，都想置女主角於死地。只有你悲天憫人，關心她的人生。你不覺得你很虛偽、很卑鄙嗎？」

連燦耀無言以對，因為曹星發句句實言。

兩人終於無言以對了，連燦耀先清清嗓子說：「那麼……再見了。」

史正生接過手機，跟對方說聲再見，然後轉過頭來對連燦耀說：「你看起來心有戚戚焉。」

「沒甚麼，只是曹星發對我好像蠻清楚的。」連燦耀先搖搖頭，表示不想談這個話題，正色地問道：「你找我有事？」

「也沒甚麼大不了的事情，我只是來跟你提醒一聲。剛才你在會議中，所講的沒有一句沒有道理。可是你有沒有想到那些衛星工廠是總經理的親戚開的，你堅持加強品管，不是給總經理難堪嗎？」

「你為什麼不早告訴我？」連燦耀急的跳腳。

「別激動。咱們是哥倆好，怎麼會拿刀子相殺呢？總經理能夠成為總經理，肚子裡絕對有些貨，你今天實話實說，而且又提出建設性的看法，不管對於利益輸送是否有影響。對於你個人的表現，他一定會刮目相看。你知不知道？當你外出接電話時，總經理對你備加稱讚。」

「說不定是要我唱黑臉。」

「那有何不可，至少比那些不白不黑的角色搶眼多了。」史正生是總經理室的專員，權勢不大，影響力卻不可忽視。他說：「公司正缺人，如果曹星發再和你聯絡，你可以建議他來公司和人力資源部談談看。」

「你自己不是和他常常聯絡嗎？為什麼不自己說呢？」史正生聳聳肩，不置可否。

隨著日子過去，甚至把那件事當成了過眼雲煙。直到有一天，當他捲入了一場夢魘般的事件時，他才又想起了曹星發，並且決定再去拜訪他。不過，那是很久之後的事。而連燦耀作夢也沒想到，像他這樣一個平凡的人，竟然也會碰到這種事，甚至失去了年輕的性命。就像走過野地，不知不覺地沾惹了滿身的鬼針——那種傳說中，會帶來噩運的鬼針。

第五章

所謂偵訊工作，係指警察對於確定或不確定之犯罪嫌疑人或告發人、被告人及證人，以詢問為手段，在最迅速的時間內，運用最有效的方法，去發現犯罪事實真相。

馬組長決定親自偵訊鄧慶思命案的屍首發現人蕭碧梅，小張和另外一名年紀大約五十多歲的王姓女警則在另一間觀察室，研究被訊人的說話內容，還有聲音表情等反應。

相對於小張的青春陽光，本名叫做王效瑜的女警顯得冷靜威嚴。削瘦精實的身材、迅速靈活的動作加上炯炯有神的眼光，立刻讓人聯想到銀幕上的女打仔。事實上也是如此，她念大學時，蟬連多次的國術冠軍，號稱雙槍王八妹。她是普通大學畢業，當了幾年老師後，參加考試進入警界。她是剛加入馬組長的團隊，一開始大家在背後稱呼她王姓女警，後來她的性格和辦案態度，讓她贏得女王的綽號。她自己很滿意這個稱呼，有時會自稱「朕」。

「蕭女士，妳從什麼時候開始在鄧宅服務？」

「一年前。」聲音有些發抖，顯然比前次應訊更緊張。

「工作內容？」

「打掃房屋，買菜，並準備三餐，還有洗衣服。」

「要不要替男主人做深入的服務？」

「我不懂你的意思？」她的雙手握住衣角，微微抖動。

「譬如他洗澡的時候，要妳送衣服進浴室；或是他一個人吃飯喝酒，覺得寂寞，要妳坐在旁邊陪伴聊天；或是……。」

陪伴在蕭碧梅身旁的年輕律師後知後覺的提出抗議。

蕭碧梅似乎有所瞭解，大聲說：「沒有，我絕對不會做這種事。」

觀察室的女王對小張輕輕點了點頭。

「鄧先生每個月，付妳多少薪水？」

「一個月三萬二千元，年終多發一個月。」

「妳滿意嗎？」

「還可以。」

「妳所賺的錢是當做私房錢，還是必須貼補家用？」馬組長發現蕭碧梅雖然穿著很樸素，但是卻穿了雙看起來很昂貴的新皮鞋，而且皮包顯然是搭配，因為是同樣的皮質和設計。

「我先生買了棟房子，要納頭期款，所以全部的錢都繳出去。」

「妳身邊有沒有偷留一些？」

「沒有，半毛錢也沒有。」

「可是……。」馬組長拖長了不肯定的聲調，然後看看手中的紙張，問道：「可是妳怎麼會有錢買高級的皮包和皮鞋呢？」

可憐的女人像受傷的兔子縮成一團，不知如何做答。

「錢是妳拿的嗎？」她看著律師，律師面無表情點一點頭。

她虛弱地點頭，然後就沒有再抬起頭來。

「是不是妳害死了鄧先生？」

蕭碧梅激烈地搖頭，好像有隻蜘蛛丟在她的頭髮中。

「鄧慶思強暴妳，妳懷恨在心，告訴妳的先生。然後共同將他弄死，對不對？」

年輕的律師再次抗議。

「請你不要汙辱鄧先生的人格，而且請你不要隨便亂說話，好嗎？這和我的先生絕對沒有任何關係。」

「那麼是不是你們之間有什麼曖昧的戀情。」馬組長故意用一種令女性無法忍受的色情眼光，慢慢掃過蕭碧梅的全身，說：「或許是……，那個傢伙把妳騙上床，然後又把妳甩了。妳一怒之下把他殺死，然後把那條曾經令妳快樂似神仙的……，那個東西割下來，對不對？」

年輕律師用稚嫩的聲音，說：「請你注意偵訊的用詞和尊重被偵訊人的心情。你知道，我們可以隨時離開。」

「我再問你一次，是不是那樣？」

受盡屈辱的蕭碧梅決定以沉默來抗議，並且以冷冷的眼光瞪視著嘻皮笑臉的馬組長。

馬組長離開偵訊室，換另外一名，也就是剛才一直和小張在觀察室的女王走進去。

站在小便池前，馬組長不管貼在眼前的禁菸標誌，放肆地張開肺葉，讓濃濃的尼古丁來麻痺高昂的神經。他好不容易才讓頭腦放空一下，卻又發現對街的樓頂，有個濃施粉黛的女郎，不知是欣賞都市風光？還是想跳樓自殺。她那脆弱的身影，令人想起拆封之後，那皺成一團，亮麗而沒有用處的包裝紙。

馬組長回來，經過偵訊室，進入觀察室，同時用眼神問在座的小張。小張先以搖頭來表示蕭碧梅否認殺人。然後說明馬組長的猜想是正確的，蕭碧梅在女王的誘導下，坦誠和鄧慶思有不正常的男女關係。於是，馬組長拉出一把椅子，重重地坐下來。

「他有沒有使用野蠻行為，或是威脅的口氣，譬如把妳開除，或是……。」經過訓練的女王，語氣顯得很溫柔。

「沒有。」蕭碧梅看來也十分配合，有問必答。年輕的律師也沒甚麼異議，似乎已經被安撫過了。

「前後一共幾次？」

「二次。」

「難道是妳自願的嗎？」

「也不是……。第一次是……，記得他喝醉酒回來，有個上班小姐陪著，兩個人發生吵架，上班小姐就走了。鄧先生追到門口，罵道臭婊子有什麼了不起，憑老子的條件還怕找不到女人陪。他走都走不穩，我就過去扶他，然後他忽然抱住我……。然後說他好寂寞，要我留下來陪他。我覺得他好可憐，很像一個需要母愛的小孩，就答應了他的要求。」

「事後，妳感到後悔嗎？」

「我……，我不知道。」

「第二次呢？」

「也是類似的情形，那個時候他的祕書小姐對他不好。」

「妳會不會愛上鄧先生。」

「不可能。我是有夫之婦，而且身分不配。同樣是女性，妳應瞭解，我是他的女佣，接受他的命令已經成為我生活的習慣。當他要求我和他上床，而且顯得那麼迫切需要，我覺得……覺得自己很偉大。」

「我瞭解妳的心情，換成我，也會和妳做出同樣的事。可是，我很好奇，妳為什麼會產生強烈的怨恨呢？」

「因為……因為我聽到他和某個小姐談到我，說我在床上怎樣怎樣……後來我實在忍受不了每次每個小姐來過夜時，對我的態度，彷彿我是地上的垃圾。你知道嗎？我竟然被那種女人看不起，主要是因為他對我人格的侮辱。我的犧牲和付出的疼惜，換來的是……。」

聽到這裡，馬組長忽然聯想起那個正在夜風中飄浮的女郎。

「我相信妳沒有殺人，請妳把發現屍體和以後的情形再說一遍，好嗎？」

蕭碧梅顯得很安詳，也許她認為已經把心中最羞恥的部分暴露出來，其餘的已經沒什麼好隱瞞。

「那一天，我比平時早一小時到達鄧家，因為鄧先生交待當天可能會有客人，希望我把屋子打掃乾淨一點。進了屋子，一切都沒什麼異樣。到了二樓，按照慣例，先打掃鄧先生的臥室，如果房門關著，表示鄧先生還在睡覺，我就先整理別的地方。如果沒關的話，表示他已經去上班。禮貌上，我都會敲三下，靜聽回音，再判斷是否開門進入。」

「我發現臥室的門沒關，直接走進去，而鄧先生穿著睡衣坐在沙發上睡覺。於是，我就開始做我的事。做完之後，發現他還在睡覺，而且姿勢都沒改變，感到很奇怪，喊了他幾聲，也是沒有任何反應。鼓起勇氣，過去拍他肩膀，還是沒反應，我就知道大事不妙。」說到這裡，蕭碧梅似乎回到當時的情境，神色出現慌亂，語氣也開始凌亂。

「那時候，我在想他是不是吃了我煮的食物，中毒而死，那麼我就會被抓去關，我有小孩，我有丈夫……。總之，我想了很多，然後越想越怕。」

女王要蕭碧梅先喝口水，慢慢說。

「後來，我把前一天晚上的食物和飲料處理掉。因為這樣一來，警察就不會懷疑到我身上，而判定他是自殺。其實，當時我就有個強烈的想法，鄧先生是自殺。弄好之後，想悄悄離開，當成不知道有這麼一回事，可是看到他這樣坐在沙發上，很不舒服的樣子，油然產生同情心。就將他放在床上，彷彿睡覺似地，就像他酒醉回來，然後我服侍他入睡。」

女王若無其事地突然發問：「那妳為什麼想要割掉他的生殖器？」

年輕律師似乎也被這個問題吸引住，非但沒有表示任何意見，還轉過來望著蕭碧梅，彷彿鼓勵她說下去。

「我……。」

「沒關係，慢慢說，我們同樣都是女性，我瞭解女性厭惡男性器官的心理。」女王想起犯罪心理學中，幾則切割陰莖的案例。她不確定蕭碧梅的行為是否合乎理論，但是自己真的是不喜歡男性的器官，尤其是從A片所呈現出來的畫面。

「不！」

女王用貼心的眼神定定地看著這位好像是站在懸崖邊的女人，說：「有時候理論也有不對的地方，說出妳的看法，或許我也會有共鳴。」

「我結婚這麼多年，也生了兩個孩子，可是從來就沒有享受到性的歡樂，我也不敢說出來，怕被我先生看不起，我先生也從來不曾瞭解我深切的渴望。可是和鄧先生的第一次，讓我體會到做女人是多麼快樂的事。他的每一個觸摸總是讓我……。」

蕭碧梅忽然住口，呈現出來的反應好像覺得自己很過分，「雖然」面對的是同性的警官，也是難以再繼續。尤其身邊還有個年輕的男孩，「雖然」他是個專業律師。

「我也是有同樣的困擾，經過多年的相處，依然不敢向先生提出性的要求，不但是怕被誤以為淫蕩的女人，也怕先生無法達成我的要求而產生性的自卑，以致於情況更糟。」

「真的嗎？」

「是的，於是我學會自慰，或性幻想。我在做愛的時候，總是想像我先生是個硬梆梆的猛男。」

原本在隔壁觀察室的馬組長和小張，趣味盎然地在聆聽，不知不覺笑出聲來。

「那時候的我，很想再看一次他的那個地方。在我的記憶，那充滿激情和活力的象徵，我永遠都忘不了，也想再撫摸一次。然後……。」蕭碧梅似乎有些不好意思，臉刷地紅起來。

「然後，然後怎麼呢？沒關係，慢慢說，我會瞭解。」

「那只是一剎那之間的瘋狂想法，我想要永遠擁有鄧先生，我不願意任何女人……，不管她們是在天堂或地獄。我就是不願意任何女人從他的身上得到和我同樣的快樂。」

在觀察室裡的兩個男人，你看我來我看你，彼此交換的眼神中有藏不住的震撼。想不到這麼一個平凡的女子，竟然有如此瘋狂的想法和行動。

「然後妳下樓去廚房拿刀子？」王姓女警企圖緩和一下氣氛。

「不，在鄧先生的臥室，有一把水果刀，因為冰箱有水果，想吃的時候就拿來削皮或是切塊。」

「切下來之後呢？」

「放在那隻裝廚餘的塑膠袋子裡，帶回家去了。」

別說女王，連馬組長和小張的呼吸和心跳都急促起來。

「妳帶回家去，然後呢？」

「我把它放在乾淨的玻璃罐，像醃製泡菜一樣放著！」

女王冷靜的再問：「那把水果刀呢？」

「丟掉了！」

「水果刀丟在哪裡？」

「我家附近的河流中。」

「告訴我詳細的地點。」女王按照蕭碧梅的描述，畫了一張地圖。

「後來呢？」

「我就再去鄧家，假裝剛發現屍體，然後向警方報案。」

「妳在鄧家幫忙之前，曾經從事什麼樣的工作？」

「在工廠當女工。」
「什麼工廠?」
「冷凍食品工廠,就是妳們常吃的雞塊。」
「妳是負責什麼樣的工作?」
「切割。」
女王覺得偵訊已經完成,就說:「最後一個問題,不做筆錄,算是我個人對女性心理的探討。在最後一次的撫摸,妳有什麼感覺?」
「茫然,不,若有所失。」她勇敢地回望著渴望想要知道答案的女王,說:「既然已經死亡的東西,就讓它再死亡一次吧!」
觀察室的兩個男人豎起耳朵,想要聽清楚最後的問答,可是由於兩人的臉孔拉近,聲音忽然又降低,所以仍然沒有達到目的。
女王認為蕭碧梅沒有殺人,馬組長和小張也同意,可是毀壞遺體以及混亂現場及證物的罪狀已經構成,所以依法送交檢察官,再由檢察官決定是否起訴。也因為如此一來,當初的推理必須重新再來,想到這裡,馬組長恨不得把那女人給殺了。
馬組長和小張再次來到鄧宅。
鄧宅是獨門獨院,座落於深巷裡,可說是鬧中取靜。圍牆是水泥磚砌成,約有二公尺高,對於身手矯健的人,翻牆而過並不是件難事。鐵門是鏤花的歐洲式圖案,站在外面,可看到裡面的花園。

花園不大，植物似乎沒受到好的照顧，成長的並不好。不但葉子布滿了灰塵，而且很多都枯黃了。當小張推開鐵門，立刻看到一隻像貓一樣大的老鼠，迅速地竄到草叢裡去。有了靠山，牠就大膽地注視著這兩名不速之客。小張和牠四目相對時，便肯定牠就是鄧慶思命案的最直接目擊者。可惜……。

當馬組長仔細地觀察建築的造型，以及屋外的地理形勢時，小張卻因為掩藏在草叢裡的鼠目盼兮，而想像多年多年之後，假如人類語言的統一，那麼大學外文系的學習內容就做了革命性改革。這要歸功於生物學家對動物行為做了完整的研究，發展出和動物溝通的學問，也就是所謂的動物語言學。然而動物語言學不是單指發音，也許還要運用色彩、嗅覺、聲波振動等來輔助。例如，人類要和螞蟻說話，就要在牠們面前放些特殊化學物質。因為我們已經知道，螞蟻之間的交頭接耳，正是以交換彼此的分泌物來互通消息。另外，肢體語也是重要的一環。所以，假如臺灣的立法院到那個時候還像現在這個樣子，在動物眼前，可能是一場熱情洋溢的歌舞秀呢！但是最有貢獻的是，以後阿貓阿狗也可以坐在法庭裡，當證人。

「小張，你在發什麼呆。」馬組長瞪了小張一眼，吼道：「還不和我一道進去看看。」

通向屋子是一道安山岩鋪成的小道，同樣石材做成的台階，然後是小平台，兩側擺著闊葉植物的盆栽，最後就是那扇宛如關鎖住所有謎團的門了。

玄關之後是客廳，有組沙發和大型的電視機，壁上掛著字畫，都是當今名人學者的真跡，字裡行間都有「慶」、「思」等字，顯然是專門為主人所書寫的吧！還有一面半垂的竹簾，竹簾後面是餐廳。光潔的木製餐桌上，映著天花板的裝飾畫和美術燈。以走進大門的方向，往左是廚房，往右是衛浴間和樓梯。

兩人一前一後地登梯上樓。

迎面的房間有桌撞球檯，綠色的布面在幽暗中依然鮮豔刺目，旁邊有列椅子，似乎可以想像鄧慶思敲了一記好球時，坐在一旁的客人正給予熱烈的掌聲……。另外一間是客房，而最旁邊的是主臥室，也就是死神造訪之處。

馬組長記得那一天，自己就站在這裡，視線射入裡面，就看見一張倒過來的臉和下垂的雙手，彷彿是隻中間缺半截的三叉子，給人既可怕又詭異的強烈印象。如今屍體移走，可是空氣中血腥的氣息，讓馬組長誤以為那只不過是恐怖小說中的一頁插圖。

重返犯罪現場對於不同的執法人員都有不同的意義。有的是再度尋覓忽略的證據，有的是回頭補找當初沒有存在的靈感。由於可疑的物品都被鑑識人員帶走，而且馬張兩人也只是東張西望，自然是後者的成分居多。

小張看看馬組長，心想：這一趟又是白跑的。

沒有開空調，所以兩人開始有了汗意，同時感覺到口渴，眼睛不約而同地望向那架放在角落裡的小冰箱。當然不可能取用裡面的飲料來喝，只是理所當然地打開冰箱的門。冰箱裡面除了一堆常見的飲料外，還有一罐勇士力飲料，批號X0620D，製造日期今年六月二十日。

一小時之後，馬組長和小張一前一後進入化驗室。

「怎麼樣，馬組長。看你神采飛揚，案情有進度了吧！」正在萃取樣本的老江斜著眼睛對馬組長微笑。

「想得美喔！只是有找到一罐可疑的飲料，不知道是不是可當作新的證物。」

「哦！」老江的笑意更濃，說：「有總比沒有好，到底是甚麼？」

小張聞言，立刻把裝著一罐勇士力運動飲料的塑膠袋遞給老江。

「可不可以馬上幫我化驗？」

「嗯。」老江迅速取出鋁罐，打開拉環，嗅了一嗅，表情凝重的說：「不需要化驗，我就能告訴你。這瓶勇士力運動飲料含有高濃度的氰酸化合物。」

老馬雖然不是化驗人員，卻是資深警察。沒看過豬走路，也吃過豬肉。他當然知道大約有百分之四十的人無法嗅出氰酸化合物那種淡淡的苦杏仁味，因為缺少對應的基因。他就是其中一個，所以有時候無法及時判定。

「指紋恐怕沒辦法了吧？」

「嗯。」老江沒有理會，把馬組長自認為第一線索、含有高濃度氰酸化合物的那瓶勇士力運動飲料，裝入證物袋，標上編號和日期。簽完名後，放在排序最後的籃子裡。

第六章

我摯愛的丈夫——田安鑫先生，在旅世四十八年之後，已於主後二〇一五年七月二十一日午後放下世上的勞苦。蒙　主恩召，安息主懷。他那美好的仗已經打過了，當跑的路已經跑盡了，所信的道已經守住了，唯有公義的冠冕為他存留。謹以至哀至痛的心情，告訴您這不幸的消息，我們訂於主後二〇一五年八月二十二日下午一時於三敏基督長老教會（高雄市三敏街一〇〇號）舉行告別禮拜。您若能撥冗參加，將是我們家族最大的安慰。

願上帝的恩典加倍賜給各位

誼哀此訃

這張訃聞是經過台青電子股份有限公司治喪委員會決議，以董事長，也就是田安鑫妻子田李秀菁的名義發出。就在告別禮拜結束，可能因為死者的死因引人議論紛紛，所以來客能閃則閃，只有少數人陪著靈柩去慈恩墓園。連燦耀是其中一位。

田安鑫妻子有張容長的臉，眉毛修飾得細細長長，就是國畫中常見的美人，楊貴妃的姐姐「虢國夫人」的那種「淡掃蛾眉」，配上有點鷹鉤鼻及略往下彎的薄唇，散發著女性精明的才幹。那雙被淚水浸透的眸子，更加明亮，看見連燦耀便流露出堅毅和溫暖的情感。

「秀菁姐，請節哀。」由於是舊識，所以連燦耀不稱呼對方是董事長或田夫人。

「謝謝你來，阿耀。好久不見了，最近好嗎？」

「一切都好。」

「很好。我知道你一定會來，也知道你為何而來。」

兩人正在談話時，有人過來催促未亡人上車。

「我真的很感謝你能來參加安鑫的告別禮拜。」田安鑫妻子打開手提包，拿出一只隨身碟，遞給連燦耀，說：「這個給你。如果你不感興趣，就把它丟掉吧！」

高鐵已經駛過臺南，可是閉著雙眼的連燦耀卻始終沒辦法進入平靜的境界。只因為鄰座的男人。他看起來像是個老退休公務員，舉止很倨傲，神態透著人生事事不如意的懊惱。當翻報紙時，可能是某則國家大事，或是有段社會新聞，牽動了他的心事，竟自言自語地詛咒，還不停地蠕動他那丁骨牛排似的身體。

連燦耀只好把放下的椅背豎起來，試圖靜下心去欣賞窗外的風景。

天空突然飄起雨來，迷迷濛濛地宛如是被陽光激揚的細塵，在空氣中不知何去何從地浮游著。他轉頭望望鄰座的男人，高高的顴骨，淡茶色的皮膚，還有那睡著似的表情，竟然給予連燦耀一種蒼涼的感覺。

連燦耀把玩著秀菁姐給他的隨身碟，眼角瞥見鄰座男人的報紙，在密密麻麻的鉛字，斗大的「毒殺」、「去勢」等標題吸住連燦耀的眼睛。於是，他拿出手機去搜尋。結果出現死者「鄧慶思」幾個字！難道是他。來不及讀完所有報導，一幕幕往事就浮現在連燦耀的腦海中。

玻璃窗沾滿了密密的雨珠，大一點的承受不了重量，沿路滑下來，彷彿一張淚痕斑駁的臉。連燦耀嘆口氣，不禁想到和鄧慶思見面的那一天……。

「連先生，請等一下。我們廠長和客人談完，立刻就見您。」接待小姐很親切地請他在會客室坐下，同時要他填個人資料。

這是連燦耀退伍後申請的第一個工作，擔任位於土城的善安大藥廠的化驗員。原本以為沒希望，沒想到卻在三天後被約談。

連燦耀走進會議室時，麻人神經的濃香立刻和他的鼻孔打招呼。軟綿綿的沙發上，坐著三名男子，那股麻人神經的濃香就是從他們身上散發出來的。其中一名比較年輕，長的很帥，尤其那隻東方人少見又高又直的鼻子，對他微笑，並指示他坐下。

從來沒有面對這種場面的連燦耀，顯得很緊張，一時也不知如何應對，甚至連「微笑的方法」也忘了。

「連先生，讓我來介紹，這位是渡邊廠長，那位是島崎部長。我是鄧慶思，鄧麗君的鄧，慶祝的慶，思想的思，請多多指教。有關你的資料我們都很滿意，只是有些細節，必須互相瞭解一下。由於他們兩位都不懂中文，所以由我出面處理。不知你有什麼意見？」

後來，連燦耀才知道鄧慶思是留日的，難怪講一口流利的「日本語」。能知道這件事，表示他已被錄用，開始在廠裡工作了。連燦耀是個不愛講話的人，所負責的工作又是不用和現場交涉的「水質分析」，因而時常一個人在最角落的工作檯工作。雖然如此，他還是風聞到鄧慶思的某些「軼事」。

聽說鄧慶思在大學時代就是個風雲人物，除了課堂上之外，什麼吉他社、登山社、還有辯論社，都有他的蹤跡。加上風流瀟灑的外表，致使他備受女同學的愛慕；其中的一位對他更是崇拜。可惜這位女同學的外表略嫌大眾化，自然就不被鄧慶思列入名單。但是，他最後還是娶了她，為什麼呢？

在一次偶然的機會，鄧慶思發現這塊看似一文不值的石頭，竟然是塊寶玉。因為這位女同學的家世很好，有個當大官的爸爸。這下可不得了，加上「岳丈候選人」有意無意地透露，如果他能當他的女婿，便可獲得出國深造的機會，如果願意「回國服務」的話，金飯碗、銀飯碗隨他挑。當然啦！優厚的嫁妝是絕對不會省的。一席話下來，女追男的情勢立刻倒轉過來。

結婚之後，「岳丈當選人」立刻兌現第一張支票，送他們到日本去唸書。鄧慶思有些不滿意，他原本心儀歐洲，並且想涉足政治。但是老丈人不准，還強迫他繼續唸藥學，使他原本疑慮的心更是烏雲滿布。尤其是所謂的陪嫁，都是看得見、摸不著的房地產、存款簿，以及鎖在保險箱的珠寶。

在不滿的情緒之下，鄧慶思的男性荷爾蒙在「扶桑國」開始為非作歹起來。為了開闢經濟來源，他兼職做導遊。然後把老婆甩在一旁，自己住到櫻花姑娘的溫柔窩裡去。原本無脾氣的鄧太太在「嚴家府出巧賊」的道理下，也慢慢練就一身好武藝。先是不甘示弱地一狀告回娘家，然後便軟硬兼施地將「沒有良心的丈夫」押回臺灣。

鄧慶思就這樣屈就在這新成立的製藥廠裡，美其名是技術部的課長，實際上只是個翻譯。不過，頗有政治手腕的他，倒也會利用這種接近權力核心的機會，來欺壓下面的人，甚至榨取一些油水。

略舉一例吧！他可以利用權限，指名要用某家廠商的儀器試藥。而他拿回扣的方式，除公定行情的十分之一外。另外，還有妙招。一般小廠商的財務通常都不是很健全，而一般公司付款給廠商的方式是三個月的期票。為了生意，小廠商便咬緊牙根地接單，於是跑三點半，就成了家常便飯。狡滑的鄧慶思就利用這個弱點借錢給他們，利息比地下錢莊好一點，但是那張三個月的期票則必須扣在他的手中。這麼一來，鄧慶思既沒有血本無歸之虞，又可無憂無慮地享受豐厚的利息，而且一切都是合理合法。

他還會去騙一些小女工，令連燦耀記憶猶新的幾件事。

就按事件發生的前後次序來說吧！第一件事就發生在實驗室裡，阿霞是藥品調劑室的作業員。按照藥廠ＧＭＰ的規定，藥品調劑之前，負責品質管理的實驗室必須簽名同意，也就是所有原料必須確認合格，方可進行下一個製程。而所謂的原料，也包括調劑用水。那一天阿霞來實驗室拿合格化驗單，由於水質檢驗有一些問題，所以連燦耀就重新再化驗一次，阿霞坐在旁邊，並和連燦耀有一句沒一句地聊……。不知何時，鄧慶思像鬼影子般出現在阿霞後面，然後拍了一下她的肩膀。

「啊！嚇我一跳。」憑良心說，阿霞長的並不美，但是發育的很好。在寬大的工廠制服之下，尖挺的胸部和渾圓的臀部仍然是滿園春色關不住。

「喔！對不起，嚇到妳了。」鄧慶思露出連小學生都瞭解的邪惡笑容，又說：「阿霞，愈來愈嬌豔動人。」

「哪裡，變胖了。」

「變胖？沒有呀！」鄧慶思借機靠近阿霞，彷彿狗在嗅肉骨頭，又說：「沒有呀！該凹的地方凹，該凸的地方凸。恰到好處，完美無缺。」

「課長最會甜言蜜語，騙女孩子了。」

「我才不會騙女孩子了！我說的都是實話，不相信妳讓我抱抱看。」鄧慶思才說完話，不等阿霞弄清楚到底是怎麼一回事，就雙手將對方抱起來。

「放我下來……放我下來……。」大約過了半分鐘，阿霞又羞又氣，掙扎地脫離魔掌，而鄧慶思也利用這短暫的混亂，多吃了一些豆腐。

回想到這裡，連燦耀不禁露出一絲苦笑，因為在那個時候，他已經封筆不寫。但是看不慣鄧慶思的所作所為，忍不住就含沙射影的寫了一篇文章，篇名叫做〈驕其妻妾〉，參加某單位的「工廠人心聲」徵文，沒想到竟然得了第一名。

連燦耀永遠忘不了當時的他，既高興又害怕。害怕自己的身分被同事識破。結果，他想太多了。不過，看見自己的文章化成小小的鉛字，被刊登在著名的大報副刊。尤其是自己的筆名，擠在許多名作家之間，雖然渺小，但是依然發出傲人的光輝。為了激勵自己，連燦耀便將那篇短文攝影下來，存放在筆記型電腦裡。那篇短文的靈感就是來自鄧慶思。

他打開電腦，把那則剪報的掃描從文件檔叫出來，默默地唸著……。

我曾在某美商食品公司當品管檢驗員，負責檢驗食品在製造過程中，是否遭受微生物的汙染。由於是學以致用，而且離開學校不久，所以做的不亦樂乎。

那是多年前的事了，我的品管經理雖然是系出名門的營養師，然而基於種種因素而顯出對實驗室管理的無知，使得手下的幾名資深檢驗員十分不滿。不過，他們拿他沒辦法，因為他能說一口流利的英文。而且以兩極的態度處理上與下的關係，也就是說對外籍上司極盡諂媚，而對同胞下屬卻露出猙獰的面孔。

記得有一次，我的品管經理得意洋洋地告訴我們，前晚如何和外籍高級主管去中山北路喝酒，並且竭盡所能地形容那些珍饈佳餚和盤絲洞裡的綺麗風光時，其他的人員紛紛地私下丟眼色。等到他離開辦公室之後，眾人就如沸水般地滾滾嘲笑起來。

躲在角落做大腸菌篩選實驗的我，忽然被其中的一句話震住：他那種行為簡直就像是墓地的乞丐。啊！多麼熟悉的形容，好像在什麼地方聽過。當我抬起頭，茫然地望著那些七嘴八舌，《孟子》的「齊人篇」悠悠地滑過我的腦際。

如果他們是自怨遇人不淑的「妻」，那我豈不是由始至終不發一言的「妾」嗎？有了這個念頭之後，我在辦公室的日子就變得很不快樂。

連燦耀雖然把日商製藥公司修改成美商食品公司，也把自己的工作從「水質分析」轉換成「微生物檢驗」，可是事實就是事實，鄧慶思曾經在實驗室自誇的事就沸沸騰騰地傳開，幸好報社遵守保密的道義，連燦耀的身分才沒有曝光。大家也沒想到一向安份守己、默默工作的連燦耀會做出這種驚天動地的事情。

看完〈驕其妻妾〉一文之後，回到上一層。另一個檔案是他的得獎作〈竹葉林的祕密〉。連燦耀想起曹星發咄咄逼人的質問，想起童年的那一片竹葉林，還有夾雜在一張又一張模模糊糊的面孔中，一條鮮綠欲滴的毒蛇。

經過臺中，雨越下越大，每個乘客都陷入自己的夢窩，只有連燦耀還依戀著往事……。

關於鄧慶思，以上所述還算是小事。

因為他甚至把其中一個女孩子弄大了肚子。雖然花了錢把事情擺平，可是女孩子的哥哥，也是在同個製藥廠上班的廚師，放出狠話：「總有一天，我要把鄧慶思殺了！」

廚師是在食堂裡，當著數百名員工吼著說。連燦耀還記得他手中握著菜刀，滿臉悲憤。「會不會是那名廚師殺了鄧慶思？」連燦耀再去思索這個問題時，不禁啞然而笑，怪自己推理小說看多了。事隔多年，怎麼可能，而且警方已經著手調查，自己又何必庸人自擾。雖然這樣自我解釋，可是廚師含恨的臉卻久久拂之不去。

當連燦耀把報紙放回去，忽然想起那名廚師叫做顏啟俊。

顏啟俊？他不就是曾經是台青雙屍命案的頭號嫌疑犯嗎？王羨榮從高雄到新竹來找他，曾經以曖昧的口吻問他是否認識顏啟俊。當時他沒想起來，所以他跟王羨榮說不認識，難怪會引起不必要的誤會。王羨榮一定認為他說謊，試圖隱瞞事實。

顏啟俊時常拿廚房的用水來實驗室，要求連燦耀化驗。他有雙濃眉，擱在臉上，彷彿沾滿墨汁的毛筆，往宣紙左右兩劃，力勁十足。或許下筆時，有些遲疑，多沾了些墨，所以顏啟俊的眉永遠是皺的，發生了那件事之後，眉頭的墨痕就更濃、更渲染了。

關於這件事，連燦耀自認脫不了關係。

顏啟俊的妹妹長的很清秀，但是智商不是很高。雖然已經快二十歲，但是對男女之間的差距並不是很清楚。有一天連燦耀恰好休假，於是顏啟俊便拜託他用摩托車載他的妹妹到三峽。就在半途中，忽然看見鄧慶思向他們招手。

「課長，你怎麼在這裡？」

「我要去臺北，可是車子拋錨了，恰巧遇見你，真是救星。」

「我們要去三峽，不順路。」

「沒關係，你載我到工業區大門，再搭計程車。」鄧慶思看了看四周，說：「這裡叫不到計程車。」

連燦耀沒辦法拒絕，正想叫顏啟俊的妹妹下來，讓鄧慶思擠中間。沒想到鄧慶思就跨坐上去，不用解釋，當然是緊緊地黏貼在顏啟俊的妹妹身上。在飛馳當中，連燦耀儘量不去想正在發生的事情，只希望趕快把大色狼丟開。

後來，可憐的小綿羊還是逃避不了惡狼之吻。

到達新竹時，天已放晴。回憶中的鄧慶思和顏啟俊就像那場來去匆匆的煙雨，渺渺茫茫地消失在連燦耀的腦海。但是在陽光下，升起了一道殘缺不全的彩虹。彩虹的一端來自他口袋的隨身碟，另一端是失去容顏的露丹。

第七章

八月的第二個禮拜四，連燦耀到臺北出差。事情辦妥當之後，覺得沒必要急著趕回公司，就輕輕鬆鬆地在愛國東路走著。越過羅斯福路，不遠處就是中正紀念堂。他看過有關多年前那座高大的公賣局的紀錄片，後來圍牆被拆掉了，蓋了一間造形宏偉的銀行，所幸那列樟樹依舊。踩著落葉，連燦耀的心情十分的巴黎。

越過傳說中的專賣舊書攤的牯嶺街，多年不見的南昌街似乎更窄小了。那幾家學生時代常常光顧的自助餐店，改建成法國餐廳、高級畫廊。彎入南海路，濃綠的椰影間，就是連燦耀的「紅樓夢」，依稀自己就是往日，在黃沙滾滾的「沙漠」中浪費鮮彩豔色的青春少年郎。

「嘿！你不是連燦耀先生嗎？」

滿懷情愁的連燦耀被驟然而至的問話，嚇了一大跳。抬眼直望站在面前的人影，一時想不起曾在何時何地見過這位陌生人。

「我們曾在土城的善安大藥廠工作，你是實驗室的，我在食堂，還記得嗎？」

「哦！」連燦耀終於想起來，眼前的陌生人就是顏啟俊。尤其是對方的兩道濃眉，在他的記憶中更是逐漸凸顯。但是整體而言，他的變化簡直是可以用天壤之別來形容，尤其又是不期而遇。於是熱絡地握住對方的手，說：「當然記得，你就是顏啟俊。我還記得你的拿手好菜——糖醋排骨，到現在還沒吃過比你的更好吃的，沒想到離開之後，還會在這裡和你相遇，真是有緣呀！」

「可不是呢！你現在有空嗎？」

「有空。」連燦耀感覺，許久不見的顏啟俊似乎有心多談。

「那我們找個地方，坐下來聊聊。」

「好主意。不會影響你的時間吧？」

顏啟俊搖搖頭，一面用眼光尋找沿路的招牌，看到一家小小的咖啡屋，似乎要說：「我們就到那家『雨虹』咖啡屋，好嗎？」

連燦耀隨著他的視線望過去，是間看起來很雖然不是很昂貴的咖啡屋。然而，今天出差的時候，申請的錢不夠用，先倒貼了幾千塊，摸摸口袋，只剩下幾張百元紙鈔。而且不敢保證那家主題強烈的個性咖啡屋能不能刷卡。到時候，如果對方沒有付帳的誠意，那豈不出盡洋相。

於是，他說：「何必費盡周章，到植物園坐坐，不是更加詩情畫意？」

「也好！只是這裡我不熟，就讓你帶路吧！」顏啟俊的手臂和地面呈平行地比了一個半圓，又說：「你不是出國唸書了嗎？」

「嗯！離開藥廠之後，就到美國去。去了之後，才發現自己根本不是唸書的料。你不要不以為然，其實是無法適應美國那種開放式的教育。什麼自己設計實驗，自己到圖書館找資料，什麼討論小組，什麼翻書考試……。」連燦耀覺得自己似乎情緒化了一點，而且對方也不一定感興趣，連忙道歉地說：「總之，很勉強地唸完碩士學位之後，就整裝回國。目前在新竹一家生物科技公司上班，也算是學以致用。」

兩個人經過天壇造形的科學博物館，沿著荷花池邊走邊談。

當連燦耀問起顏啟俊的近況時，他只淡淡地說：「離開土城那家藥廠之後，我就到高雄打拼。」

「自己開店，還是……？」

「哪有資金，是在一家電子公司當廚師。」不知道是不是樹蔭的影響，連燦耀感覺顏啟俊的臉色非常難看，好像健康有問題。當他又問及是那一家電子公司時，答案只是簡短的兩個字——「高雄的台青電子。」。

連燦耀本來不想再說話，可是聽到「台青」時，卻又不知不覺繼續這個話題，說：「台青的總經理，不是田安鑫嗎？」

顏啟俊沒有應聲，自顧在橋欄坐下，纍結著藍色果實的旅人蕉，在綠白相間的葛藤架之後，顯得十分神祕，好像正在緝兇的密探。連燦耀也隨著坐下，兩人同時陷入沉默，低視著水中的游魚。

「你認識田總經理嗎？」

連燦耀迎接他那不安定的眼神，迅速地說：「我認識他，因為不久以前，公司派我去參加有關生產管制的訓練，他是我們的講師，他是我在美國唸的那一所大學畢業的，當然是早了好幾年，所以特別照顧我。在此之前，他曾經是我的老闆，是個相當優秀的企管人才。」

其實連燦耀在參加該項訓練之前，很早很早以前就認識田安鑫，只是他不想告訴顏啟俊。為什麼有這樣的心理，一方面是不想多費口舌，另一方面是顏啟俊的神情使連燦耀不想多表明自己和田安鑫有另一層的關係。不自覺的又伸手摸摸口袋的隨身碟，他已經備份到家用電腦。可是秀菁姐親手交給他的隨身碟，他隨身攜帶。

「那……你知道他去世的消息嗎？」顏啟俊掀起一絲不知含意為何的微笑，說：「就在十天前，他和情婦祕書雙雙殉情。新聞鬧得好大，難道你會沒有耳聞嗎？」

連燦耀勉為其難的點點頭。

由於對方提起田安鑫總經理的逝世，不由得使連燦耀脫口說出：「你知道嗎？以前在土城善安大藥廠的那個鄧慶思被人謀殺。」

「是啊！前天的事，那種人死有餘辜。最大快人心的是老二被人割掉，下地獄去的話，就不會和那些女鬼亂搞。」

連燦耀瞭解顏啟俊的怨恨，並無意加油添火，但是鄧慶思實在是太壞了，所以接著說：「自作孽，不可活。他做了太多孽，所以才會死的那麼慘。那個兇手真是天才，怎麼會想到把那個地方割掉呢？」

「他不是兇手，是替天行道的正義使者。」顏啟俊連連冷笑數聲，然後又說：「鄧狗不是以天賦異稟自居嗎？不是一天到晚把女孩子弄的欲仙欲死而洋洋得意嗎？現在這下可好，到閻羅王殿裡當宦官。不！沒這等好事，最好天天給黑白無常雞姦。」

連燦耀不想多談這些血腥的話題，而且算算時間，也該回家了，就說：「你怎麼會來臺北？」

「我辭掉台青的工作，上來臺北。朋友介紹我到一家新開的臺菜館當主廚，因為還沒開張，所以樂得清閒。」

「給我一張名片，以後去捧場。」

互相交換了名片之後，連燦耀便獨自往廣州街的方向走去。

第八章

渡邊太太是鄧慶思的前妻，只因命案發生當天，和死者共處一室。為了顧及她的再婚身分，小張親自上門訪談。

小張仔細地觀察眼前正在張羅點心和飲料的渡邊太太——平淡無奇的面孔化著淡妝，頭髮梳的很整齊，穿著剪裁大方，圖案高雅的洋裝，皮膚白嫩，雙手細緻，是個大家閨秀型的家庭主婦。

「請用茶。」

「謝謝。」小張雙手接過來，喝了一口。雖然不懂茶的好壞，但是含在口中，甘美中帶有淡淡的香氣。想起馬組長的私房茶，從不請人喝。今天自己有這份口福，有種說不出的快感，舌頭上的每粒味蕾都化成了草原上的白雲。

「真好喝。」

「這是我們公司正在研發的養生茶系列。除了茶飲料之外，還有茶糖。如果你喜歡，我可以送你一些。」

「不用了，謝謝。」

「這麼熱的天氣，還這麼到處奔波，當警察的實在是很辛苦。」

「職責所在，應該的，應該的。」

「關於鄧慶思先生的不幸，我是從電視上得知，感覺十分驚嚇。雖然我們已經離婚兩年多，而且是不歡而散，但是知道這樣的消息，心中多多少少有些難過。」

「恕我冒昧，請問妳何時認識現在的先生？」

「我和鄧慶思先生從日本回來，就在土城的一家製藥公司上班，渡邊先生擔任廠長。由於他不懂中文，廠內懂日文的人不多，有時候我會擔任他的翻譯。不瞞你說，我和鄧慶思先生的婚姻並不美好，雖然我一直努力維護，可是經不起另一方面的任意破壞。渡邊先生喪偶，人又很溫和，在當時我們彼此就有了好感。」

「是誰先提起離婚？」

「我。」

「鄧先生同意嗎？」

「他不同意，但是由於我握有多份他與不同女人通姦的證據，不得不同意，甚至放棄了孩子的撫養權。我承認家父曾經施予強大的壓力，同時提供給他一筆不少數目的創業基金。」

「他曾經來找過妳嗎？」

「他有孩子的探視權，我不能拒絕。」

「妳們還有來往嗎？」小張小心地措詞。

渡邊太太瞭解小張的含意，並不生氣，反而微微一笑，說：「事情都過去了，而且大家都是成年人，能夠冷靜地面對，畢竟平凡的生活比濃烈的愛情重要多了。說句沒面子的話，鄧慶思先生並不愛我。更直接地說，他從來就不曾愛過一個女人。在他的眼中，女人只不過是性的玩物。有時候我會對他產生疑惑，男人年輕的時候追求色慾，可能和生理有關，到了中年或老年，就應該把喜愛女色的心，提升到另外一種境界，譬如說追求事業的成就感，或是培養藝術的欣賞，或是比較屬於靈性層面的生活。可是他就是沒辦法控制他的性慾，幾乎不能一天沒有女人。對不起，我把話題扯遠了……。」

「沒關係，妳想說什麼，就說什麼。我們想多瞭解鄧慶思先生生前的事情，有助於對案情的瞭解。」

「據我所知，他的事業順利，更因為沒有婚姻的束縛，在女性交往方面更是如魚得水，春風得意。」

「妳說鄧慶思先生沒辦法控制自己的性慾，幾乎一天不能沒有女人，難道沒有節制或篩選嗎？」

「這就是剛才我講了一大堆的重點所在。」這個女人過了三十五，又有滿足的性生活，對性愛的話題似乎不再遮遮掩掩，尤其是面對像小張這樣年輕的帥哥，又是警察的身分，渡邊太太更能暢所欲言。

「他幾乎想到就要，而且生理也能配合心理反應。所以除非是特別醜陋的女人，否則都會照單全收。因此才會在工廠鬧出那麼大的醜聞。」

「什麼樣的醜聞？」

「讓一個女工懷孕，女工的哥哥揚言要殺他。」

「女工叫什麼名字？」

「姓顏。發生那種事，我感覺非常丟臉。在那段時間，我到日本去渡假，回來就積極地辦離婚。如果你要詳細的資料，你可以向本公司的人事部索取。那兩兄妹很早就離職，是不是能夠找到他們，就要靠警方的努力。」

「最後一個問題，請問你最近和鄧先生見面是甚麼時候？」

「鄧先生死亡前一天，我去過他家。」

「是……？」

「你不用明知故問吧！你不會跟我的先生報告吧？其實我也不在乎，渡邊先生不是很在乎這個。」

「了解。你有帶吃的或喝的去嗎？」

「沒有。怎麼了？」

「沒什麼。當時，你們有吃些甚麼或吃些甚麼嗎？」

小張耿耿於懷的是那一罐勇士力飲料，拿出筆記本，記下渡邊太太的說詞。都是一些不值得注意的東西。他再和渡邊太太再隨意地聊些鄧慶思生前的瑣事，看看時間已經差不多，就告辭離去，然後接著到新華街李小姐的住處。

李小姐本名李寶鳳，花名昭君，是鄧慶思的密友之一，只因為在被約談時，露出激烈的反應，而且對於許多問話交待不清，所以警方認為有必要擇期再約談。

李小姐和渡邊太太比較起來，雖然年輕許多，但卻顯得很沒氣質。她問小張要不要抽菸，小張搖頭拒絕，就自己抽起來，還把二郎腿翹起來，坐在對面的小張把眼光移開，可是那紅色的三角褲已經深深烙印在腦膜上了。

「我想先問你一個問題，請問你最近和鄧先生見面是甚麼時候？」

「三天前，我去他家。」

「是……？」

「當然是做愛！我喜歡和他做愛，雖然我在前一小時已經和我男朋友做過，可是遇到阿慶，還是超想和他來一炮。不過，最後總是要搞上好幾炮。」

「了解。你有帶吃的或喝的去嗎？」

「沒有。怎麼了？」

「沒什麼。當時，你們有吃些甚麼或吃些甚麼嗎？」小張沒有拿出筆記本，因為他們根本沒吃喝甚麼。李小姐說兩個人還沒進臥室，就迫不及待的大搞特搞起來。

「說老實話，我是個酒店小姐，和鄧先生原本是銀貨兩訖的肉體交易。可是，我卻深深迷戀他的床上功夫。也許別的男人只顧自己的感覺，而他卻不同，他一定讓女人全身燃滿慾火，然後自己在對方的高潮中享受施與受均等的快樂。他是我遇見的男人中，最不自私的，而且在金錢方面也很慷慨。我想，這輩子大概再沒機會碰到這樣的好男人了。」

同樣是在談「性」，但是眼前的女人卻給人家淫蕩的感覺，小張望著那沾著口紅的煙蒂，還有她談及鄧慶思時，眼睛流動著迷濛的神采，以及濕潤的舌尖滑過嘴唇的樣子，有些反感。並且想著：很多女人會被強暴，大概就因為這原故吧！

「你對於他的被殺有什麼看法？」

「我覺得兇手一定是男的。」

「為什麼？」

「出於忌妒吧！像他那樣的男人，哪個女人捨得下手呢？可能會把他毀容或去勢，但不會取去他的生命，因為……雖然曾經給女人痛苦或傷心，但不可否認，也有過甜蜜的美好時光吧！萬一有個女人真的……真的非常憤怒，或許在理智失控的情形之下取走他的生命。事後必定會痛哭流涕，悔不當初，怎麼可能再去割掉他的寶貝。」

這個女人實在是別有見解，小張又問：「他有沒有向妳求婚？」

「沒有。我也不需要結婚，我已經有固定的男朋友。」李小姐煙癮似乎很大，短短時間裡又抽第二根。她說：「他沒有向我求婚，也沒說過一句愛我，或是什麼海誓山盟的傻話。我們之間只是不斷的Fuck，Fuck，Fuck。有了他一個男人，等於是有了一百個男人。」

小張感覺到背部一點一點地搔癢起來。不過小張自認絕對不是因為李小姐的言辭和態度，而是純然體質之故。他懷疑是不是剛才在渡邊太太家所喝的養生茶引起的過敏反應。

「那一天，你們告訴我，他被人所殺，我會不由自主地哭起來。真的，當你好不容易找到一個男人，然後忽然間又失去，你不會難過嗎？不過哭了一場之後，心情平靜，反而覺得人生像是潮來潮往，更能看開。流了那些眼淚，也算是對我們的情緣的一番追禱。」

小張想到渡邊太太曾經提起的事，就說：「可是，鄧慶思曾經讓某個女孩懷孕。」

「誰不想替他生個孩子。我是拿過很多次，想生沒辦法生。至於那件事，要怪就怪那個傻女孩，跟人家上床就要達到某種心理準備。慶思曾經告訴我，他絕對不會戴套子，所以平時就會千叮嚀萬叮嚀要女孩子吃避孕藥，結果她竟然忘了。後來肚子大了，明知道人家有太太，不可能和她結婚，還痴心巴巴地等人家回心轉意，簡直是八點檔連續劇看多了。」李小姐嘴巴一撇，不屑地說：「聽說那個女孩子的腦筋有問題。」

「那女孩子會殺他嗎？」

「絕對不可能，他哥哥倒是有可能。他哥哥曾經打電話騷擾鄧慶思，結果反而被鄧慶思叫一批人把他揍一頓，後來就銷聲匿跡。」李小姐似乎發現小張的「臉紅心跳」，微微露出笑容，捻熄煙蒂，媚眼如絲地說：「再兩小時就要上班，所以我要洗澡化妝，如果你想談的話，就必須轉移陣地到浴室去談。」

小張看見李小姐開始解開上衣的鈕扣，就趕緊告辭，狼狽的情景簡直可以用「落荒而逃」四字來形容。

太陽雖然被灰色的雲層蓋住，但是頑強的光線依然從縫隙裡鑽出來，使臺北的天空看起來像一件破舊的晚禮服，雖然上面的金蔥和亮片依然耀眼眩目。

渡邊太太和李小姐的面孔在小張的腦壁上交疊出現，渡邊太太雖然淡淡地表示她對鄧慶思已不復有愛有恨，可是小張卻堅信她仍然愛著他，仍然恨著他，雖然是淡淡地。像鄧慶思那種男人是絕對不可能被女人輕易忘懷。至於李小姐呢？雖然口口聲聲地說，她還愛著鄧慶思。但是小張卻不以為然，海枯石爛的愛之下，埋藏著天長地久的恨。兩個女人應該都有行凶的動機吧！小張一面想，一面抬頭，只見陽光宛如揮舞的劍鋒，無情地刺入他的雙眼。

小張的手機顯示馬組長的簡訊：鄧慶思解剖結果，不是被氰化鉀毒死，而是死於藥物或食物過敏，過敏原未知。

刑事組的辦公室燈火通明，使跳躍在夜空中霓虹燈失色不少。夜很深，但是偵辦鄧慶思命案的警方人員，個個精神抖擻，極力想在案情中有所突破。馬組長把下一步的偵查計畫詳細地交待給每個組員，然後宣布散會。

「小張，過敏好了嗎？」

「給醫師打了一針就好了，不過還是要繼續吃藥。」

「到人家家裡訪談，最好不要亂吃或亂喝東西，這不是我們執法人員應該注意的事項嗎？你怎麼這麼不小心呢！」

「我知道啊！只是渡邊太太煞有其事的準備，讓我不好意思拒絕。」

「意思意思喝一口就好了，難道那麼好喝嗎？」

「就是那麼好喝。」

「越好喝或越好吃的東西難免添加了一些奇奇怪怪的東西，要注意喔！尤其是那些還沒有研發成功的東西。那個渡邊太太也真是，又不是沒知識的女人。」

「誰知道？」小張偏著頭，似乎想到甚麼，大聲的叫住了正要離開的馬組長：「組長。」

「什麼事，小張。」馬組長那張名符其實的鳳梨臉，經過這幾天來的不眠不休，似乎更加坎坷不平了。

「我又做了同樣的夢。」小張沒頭沒腦地冒出一句話。

「什麼夢？」馬組長從抽屜取出私房茶，令小張感到意外，他竟然問：「要不要來一杯？」

小張搖搖頭，不知道是沒有心情，還是賭氣。他說：「我又夢見那位名叫連燦耀的小學同學向我申冤，就像前次一樣，夢中的情景和情節非常逼真，令我懷疑那是不是一場夢。」

「那他有沒有向你講述他是如何被殺，還有誰是兇手？」電壺裡的水沸騰了，煙霧嬝嬝娜娜地昇起，彷彿是妖魔要從阿拉丁神燈飄出來之前的預兆。

「沒有。」小張說：「其實在我做了第一次夢之後，我就透過一些管道，打聽連燦耀的近況。他很好，在新竹一家生物科技公司服務。」

「這樣不就沒事了嗎？」

「當時，我是如此這般想。但是又做了相同的夢之後，我想親自去拜訪他，探討一下我們之間到底有什麼神祕的關連。」

馬組長喝了一口茶，露出幸福滿足的表情，說：「也好，當做一次沒有負擔的旅行吧！」

第九章

「喂！正生嗎？我是阿耀。」

「真巧，我正想打電話給你，沒有想到讓你捷足先登。」

「這樣不好嗎？你可以省下電話費。你找我有事嗎？」

「既是你先打，就先談你的事。」史正生在電話那端傳來幾聲乾笑後，說：「讓我推理你的用意吧！你一定看完那個神祕的隨身碟，感到既疲倦又茫然，所以想找我來為你的心靈，來一節馬殺雞。對不對？」

「和好朋友聊天是最佳的解勞劑，我常把這句話掛在嘴上。所以沒錯，而你就是最佳按摩師，當你解開我心中的謎團，所有的疲倦和茫然立刻被一掃而空。」

「那你這通電話可就打對了，我正迫不急待想知道那個隨身碟到底是藏著甚麼不可告人的祕密。」

「閒話少說，我們找個地方談。」

接近黃昏的時刻，走在紅磚道上的行人，或奔馳的道路上的車輛，都給人一種寂寞的感覺，彷彿融在昏光中的影子，隨時都會在天涯處消失。連走在連燦耀身旁的史正生，也給他同樣的感覺。可是，當他開口時，這種情懷就如同西天的彩暉，徐徐地沉澱到地平線下。

連燦耀的腦幕一片混亂，遲遲無法開口，只能任史正重複前幾天在茶藝館的談話內容，並且加上這幾天他的新發現和推理。

「發現屍體的人就是田總，因為當晚沒有回家睡覺。隔天回去時，發現他父親全身赤裸，被綁在床上，而且已經斷氣，就馬上報案。田半仙雖然身為乩童，可是生活堪稱單純，只是妻子過世後，染上斷袖之癖。因此同志戀人涉嫌最大。」

兩人走著走著，就在一處露天啤酒屋坐下來。連燦耀點了兩杯啤酒，還有豆干、花生等小菜。

「他是你我都認識的曹星發，涉嫌的動機是田半仙因為本來就不是同性戀，只是一時好奇，加上周遭的壓力，所以堅持要分手，曹星發不願意，於是痛下殺手。還有，曹星發的養父是個毒物專家，所以有機會取得毒物，尤其是那種一般人根本無法取得的蜂毒。但是，經過警方調查詳細調查。兩人根本既沒有深仇大恨，更談不上甚麼濃情蜜意、海誓山盟，甚至連同志情誼也沒有。只是長相英俊的曹星發和粗獷陽剛的田半仙膩在一起，難免讓人想入非非。另外，警方鑑定出來的毒物，也無法證明是從曹教授的實驗室所提供。」

「不過，依據田總的紀錄，他們的確有同志關係，而且是曹星發主動親近他的父親，你看……」連燦耀已經打開電腦，指著給螢幕給史正生看，說：「這是曹星發買給田半仙的禮物，還有他們出遊的照片。」

「可是這些資料是田安鑫事後才收集的啊！重點是他的不在場證明很完整。」

有個女孩來兜售玉蘭花，連燦耀買了兩串，遞一串給史正生。

連燦耀把電腦轉向史正生，念著：「母親過世後，父親竟然開始迷戀和年輕男孩玩，三番兩次往外頭跑，乩童的工作也荒廢。剛開始，我還能睜一隻眼、閉一隻眼。可是到了最近，有關父親的醜聞已經威脅到家族的名聲。當我想阻止時，慘案就發生了。」

「玉蘭花聞久了，頭會昏昏脹脹的。」史正生做了個中毒的姿勢後，大口喝著啤酒說：「這些都知道了，快講重點吧！」

「好，就從這裡開始吧。注意聽喔！根據我從父親的死因調查，兇手使用的是蜂毒。我懷疑兇手怎麼會使用這種特殊的毒呢？在臺灣這個地方使用蛇毒是非常方便，然而使用蜂毒就很耐人尋味了。這就是曹星發被懷疑的地方，因為他的父親就是研究昆蟲毒物學，曾經和馬來西亞的土人打過交道。而這種餵有蜂毒的小箭正是他們捕捉野獸的武器。我的猜測是曹星發跟他的父親訴苦，他被田半仙纏上了。他想要分手，卻被對方威脅，可能還用到下蠱或下降頭等可怕的字眼。護子心切的曹教授就用這種蜂毒來殺害父親。」

「不會是曹教授下手的吧。」

「不是，當時曹教授在美國開會。」

「繼續吧！」

「跳過這些……固定目標……發射源……定時裝置，還有這個……」連燦耀一邊看電腦，一邊等待史正生把啤酒乾掉後，最後做了個卡通人物的表情，說：「這就是活化能最高的化學反應部分，我需要你提供酵素。」

「我真是受寵若驚，既然你要我提供酵素，那麼我可要測測活化能到底有多少。讓我們重新做個整理。曹星發設法把田半仙固定在床上，然後裝置某種定時發射器，利用不在場之際，將他射死。田總的紀錄有說過，餵毒小箭輕輕劃過田半仙的大腿根部。能不能請問你，他的紀錄中是否有射程，也就是說發射源的位置在哪裡？」

「紀錄在這裡，你看。刑事組的專家按照皮膚劃傷的程度，小箭本身的物理性質，推測可能就在床邊的小架。他們本來的想法是有人從外頭暗箭傷人，可是臥室鎖窗關門，分明是個密室。

而且目標固定，表示發射源不是個可以隨目標而調整的東西，簡單的說，不是人在瞄準。」

「小架上面擺了些什麼物品？」

連燦耀搜尋一番之後，跳出一張影印的清單，上面寫著：「九條散在各處的橡皮圈」、「一本破舊的英文字典」、「木刻的筆筒，裡面放了鉛筆、擦子、美工刀等文具」、「有個裝飾用的天平，一邊有托盤，一邊沒有，托盤上有個玻璃珠」、「三只杯子，其中一只倒扣」、「用剩三分之一的火柴」、「七支竹筷，三支的後端黏著膠泥、沒有黏膠泥的四支，掉落在地上」、「靠牆壁的地方，擺著象牙雕像，面目猙獰，很可能是某種宗教所膜拜的偶像」、「象牙雕像前，有個瓷罐，瓷罐上面放著一盒尚未開封，但食用期限已過的乳酸菌布丁」。

史正生拿出比和紙對拿著清單，試著去做適當的排列組合，耳邊聽著連燦耀他的想法，說：「如果架上的物品不是刻意擺放的，架面上一定鋪著厚厚的灰塵……可見兇手在上面裝置了發射小箭的系統……為了混淆視聽，才故布疑陣……。」

史正生似乎不希望太多干擾，便閉上雙眼思考。連燦耀也沉默下來。這時候，有陣音樂聲由遠而近，原來是個提著錄音機的中年人走過他們身邊！

一首黃鶯鶯的老歌，只聽到一句又一句的「雪在燒、雪在燒……。」

可是聽在連燦耀的耳朵就變成「血在燒、血在燒……。」不錯！據他所知，當蜂毒注入人體的時候，真有一種「血在燒」的痛苦，任誰都受不了，好可恨的兇手。如果真的是曹星發的話，他和田半仙之間到底存在著甚麼樣的血海深仇？

在這黃昏消失的前刻，黃鶯鶯空靈美妙的聲音，幻化成死者靈魂的哀號。耳膜突然響起史正生的慘叫聲，連燦耀的眼觀離開電腦，只見史正生捂著右臉，然後幾個嬉戲的小孩，正哄然鳥獸散。

「怎麼回事？」

他愁眉苦臉地說：「那幾個小鬼在玩橡皮圈，我遭到池魚之殃。」

不知為了甚麼，連燦耀露出神祕的笑容。

史正生瞪他，叱道：「你是什麼意思？」

「我也不知道，好像有點靈感。」

「快說出來分享。」

「只是靈光乍現，可是一下子就消失了。」

連燦耀凝視手心中的玉蘭花，晶瑩的花瓣似乎有些枯萎，小手指般的香氣在鼻孔中輕輕地搔著。

「真可惜。」

「曹星發會不會因為發現田總在調查他父親的死亡原因，先下手為強？」

「除非他另請高明操刀，否則是不可能的任務。因為田安鑫和他的祕書雙雙暴斃的時刻，他正和勇士力的高級幹部開會。」

陷入深深思中的史正生，不自覺地去扯玉蘭花，美麗的花瓣撒落一地。本來連燦耀想阻止，卻發現自己手中的玉蘭花也變成了敗柳殘花，就不好意思去奚落好朋友的辣手摧花了。

夏天的氣味愈來愈濃，使人想到香水配上狐臭的效果。連燦耀還是過著朝九晚五的日子，只因為工作內容有改變，所以步調有些緊湊。

「阿耀，你在發什麼呆？」

「哦！我正在看純化病毒的品管報告，可不是在發呆。你找我有事嗎？老史。」

「這個給你。」原本調皮大方的史正生，竟然會略帶靦腆地將喜帖遞給連燦耀，說：「請你務必賞光，來分享我們的喜悅。」

想不到這個史正生居然要結婚了，不是女方嫌他是個窮鬼嗎？連番棒打鴛鴦，就要分手了嗎？連燦耀把心中的驚訝，化成臉上的驚喜，脫口說道：「恭喜你呀！祝你們新婚愉快，永遠愉快。同時，早生貴子。那麼優良的品種，應該多繁殖一點。」

「謝謝你的祝福。不過，我們是有計劃的，所以一切慢慢來。」

連燦耀說：「你保密功夫真到家，枉費我們好友一場。」

「老人家既然答應，我們兩個人就說打鐵趁熱吧，免得他們又後悔。」

「你新房在哪？」

「澄清湖那邊。」

「一個月租金多少？」

「我自己買的。」史正生望著目瞪口呆的連燦耀，得意洋洋的說：「翠玉山莊，總價五千萬。」

「你太厲害了吧。」

「沒有啦！只是先付頭期款。」

連燦耀心中有一千萬個，喔！應該是五千萬個疑問號，不過卻問不出口，畢竟事不關己。打開帖子一看，除了新郎新娘的名字之外，最重要當然是宴客的日子。他無奈地說：「下下禮拜三的中午，唉！很抱歉，恐怕不能去。」

史正生不慌不忙地說：「那是女方的意思，堅持非請中午不可，所以我另有安排，下下禮拜六的晚上，在臺北另外擺五、六桌，請同事，同學以及一些朋友。」

「既然如此，可勢必要參加。不過，小心我會率眾鬧新房。」幸福的光輝從史正生的眼角眉梢盡情地流露出來，笑著說：「你敢，當心結婚時，換我鬧得你新婚之夜雞犬不寧。對了，我們談點正事。」

「什麼正事？要替我安排相親？」

「那是後事。」

「後事？」連燦耀故意耍冷。

「難道不會說些好聽的？這樣口無遮攔，才沒有女孩子要和你結婚。」史正生不知是裝傻，還是真的以為對方幼稚無知，糾正地說：「我是說——以後的事，如果不是本少爺人逢喜事精神爽，沒有顧忌，否則立刻將你亂棒打死。」

「請談正事吧！否則我就要死了，你大少爺的字字珠璣比鹽水的蜂炮還厲害。」

「你不是有個當廚師的朋友嗎？能不能替我安排，下下星期六的喜宴就委託他來辦。聽說那家酒樓有很多老饕級的料理，而且價錢公道。」或許真的是人逢喜事精神爽的原故，他那隻圓滾滾的紅鼻子愈發圓潤紅豔。

「你一聲令下，誰敢不從。等實驗做完，我立刻就打電話和他連絡。請放心，我一定會辦得漂漂亮亮的，絕不敷衍。」

因為這緣故，連燦耀和顏啟俊再次見面了。

第十章

連燦耀出現在顏啟俊的小屋。說是「小屋」，一點也不誇張。但可不是藏在幽幽竹林之間的溪頭小屋，或是那種可以觀賞彩霞和海鷗、傾聽潮聲的沙灘小屋。而是一間破破爛爛，好像臨時搭建的違章建築，這讓連燦耀的心中產生疑問。

顏啟俊的年紀也三十好幾了吧！如果國中就出來做事，手邊總該有些積蓄。連燦耀記得他並不是一個浪費，也不是個鹹魚型的人，怎麼會住在這麼個破爛的房間，令人懷疑他真的在大酒樓當主廚？

「沒辦法，我身體不好，賺的錢連醫藥費都不夠。」顏啟俊看出連燦耀對於他居住環境的質疑，病懨懨的說明。當他知道對方找他是為了「辦桌」的事，雙手一攤，說：「就在你打電話來的第二天，我就被解雇了。說起來就有滿肚子火，所以不提也罷。但是為了你的事，我曾經向那個黑心肝的老闆提起，只要把訂金拿給他就可以。菜單和價錢都談妥，你也不必多費口舌。」

「謝謝你。」一向口拙的連燦耀也不知道該說些甚麼。

「不要這樣說，你特地來臺北和我討論，照理應該請你去一個像樣的咖啡廳。可是，從早上開始，我感到身體很不舒服，所以臨時改變計畫，麻煩你來這裡。真是拍謝！」說到這裡，他想到什麼似的，說：「從你一進門，我都沒問你要喝些什麼，真抱歉。要什麼飲料，啤酒好嗎？」

連燦耀看見顏啟俊打開一台好像是從街上撿來的冰箱，門幾乎就要掉下來，燈也壞了，所以看不清裡面有些什麼。只看到架上擺了一排運動飲料，是連燦耀喜歡的牌子，於是就說：「我一喝酒就滿臉通紅，等一下還要談事情，恐怕不太好。給我一罐『勇士力』吧！」

「喝啤酒啦！」顏啟俊堅持要連燦耀喝啤酒，彷彿那六、七罐勇士力運動飲料裡藏著黃金。

連燦耀沒辦法，只好勉強喝了一杯，心中納悶對方那種奇怪的態度。

陽光照在破舊的紗窗上，竟然有著重金屬的燈光效果，不過照到連燦耀的臉，燒燒癢癢的感覺，彷彿是藥物過敏的反應。

再聊了一些話題後，連燦耀就告辭。

當他走了幾步，回頭想說些再見之類的話，猛然發現站在門口的顏啟俊，立體的面孔被暗影塗成一張平面，看起來異樣的恐怖。尤其是那雙濃眉，竟像兩條春蠶，緊緊地纏在一起。蠶、纏……蠶、纏……纏到死亡、復活……再死亡。

走在路上，連燦耀不停地反芻自己和顏啟俊的生命聯集。從什麼時候開始，對於周遭的一草一木，一事一物都感到絕望。快要三十歲的男子，對人生該是有些希望的抱負，就像自己的名字——燦爛光耀呀！然而是不是只為了那一段淡如輕風的愛情？絕不是，連燦耀立刻否決。

連燦耀忽然想到王羨榮，好久沒聯絡了。打手機給他吧。回覆竟然是空號。於是改撥台青電子的電話，總機小姐跟他說王羨榮已經離職。再問共同認識的朋友，對方告知王羨榮好像上來臺北，但是沒有人知道他在哪，似乎刻意把自己隱藏起來。結束通話，仰望天空的白雲，露丹的人影悠悠地出現在他的眼前。

「貴妃閣」是家臺灣料理的餐廳，當連燦耀站在門口時，不由得就想起裝潢高雅、美味可口、經濟實惠等廣告詞。

在職業化的「歡迎光臨」聲中，連燦耀進入餐廳內。豔光四射的女接待笑盈盈地走過來。問明來意之後，就告訴連燦耀必須搭電梯到五樓的辦公室等一等，胡老闆會立刻見他。

於是，他便被安排等待，而且等待很久。

在連燦耀的想法中，這是很奇怪的現象，因為在服務業中的名言是「有錢的就是大爺」，而這位胡老闆竟犯了這樣的大忌。

連燦耀忍不住生起氣來，由於胡老闆的辦公室關著，所以他暫時坐在走廊的沙發。東張西望的連燦耀終於攔住一名服務生，要他立刻通知胡老闆。

「我也不知道，我是剛來的。」服務生青澀的模樣，可能還在學校唸書，令他不忍遷怒。只好又等了幾分鐘，才看見一位比較老練的服務人員，對於連燦耀的抱怨，她立刻擺起笑臉道歉。

「太不應該了，可能是沒有連絡好吧！讓你久等，實在太不應該。」

「會不會不在呢？我剛才敲門時，都沒人反應。」

「不會吧！剛才我才看他送個客人出去，然後就沒再出去……。」她那雞爪似的手敲擊在門板上，宛如復活的屍體企圖扳開棺材。由輕而重，加上滾動在喉嚨間的低罵聲，表示她在「貴妃閣」中，也非等閒之輩。

「既使和女人在裡頭爽，也該開門說一聲。這樣不聞不問，難道是死了不成。」老練的服務人員將手滑下來，去轉門的把手，剎那間門就洞開了。

「啊！」

連燦耀在後面，沒看到什麼，卻聽到服務員的尖叫聲，然後一團軟綿綿的肉體往懷裡倒下來。他一面抱住這個幾乎昏過去的物體，一面往辦公室裡瞧。

省去那些沒有生命的擺飾的描述，只看到一個面孔似乎被撕碎的男人。不過，看來他也已經沒有生命了。最怵目驚心的是一罐滾落在他腳邊的勇士力運動飲料。

服務員繼續尖叫，一聲比一聲淒厲。

「鬼叫鬼叫，到底發生什麼大事？」

「是不是看見鬼，叫的耳膜都破洞了。」

「有人被殺死了嗎？天哪，真的耶。」

連燦耀傻傻地站在門口，被逐漸靠攏的眾人推來推去。他從來沒有目睹這麼可怕的景象。隨即而來的驚叫聲此起彼落，把他整個人幾乎震昏。

「到底是怎麼一回事？」有個看似管理階級的中年男士，撥開人群，擠到連燦耀的身邊。

連燦耀搖搖頭，說：「我不清楚。」

「我的天啊！」中年男士率先進入胡老闆的辦公室，望著雙手抱著腹部、口吐鮮血的男人，驚呼一聲。然後冷靜指揮一個服務生務必把擠在門口看熱鬧的閒雜人驅散。然後一邊報警，一邊指著辦公室內的情形，下達命令：「不准亂動屋內的任何物件。所有的人回去自己的工作崗位，沒有我的指示，不可以跟不相關的人亂說話，尤其是媒體。」

中年男士蹲下去檢視那一罐滾落在屍體腳邊的勇士力運動飲料，還用原子筆的尾端沾著地板上的液體，然後移近鼻孔嗅著。那種專業的架式讓連燦耀不由得想起電視影集裡的鑑識人員。

一陣忙亂之後，中年男士才對驚魂甫定的連燦耀說：「發生了這種不幸的事，請你多留一些時候，或許警方需要你的幫忙。不介意的話，請在那邊的沙發休息、休息。」

此時的連燦耀已經沒有判斷Yes或No的能力，乖乖地接受中年男士的擺佈。當他『癱瘓』在沙發之中時，耳邊傳來中年男士和幾個職位相當的人在議論——胡老闆是喝了含有劇毒的飲料而猝死的，從那苦杏仁氣味而推定，劇毒可能是氰化鉀。

人群越聚越多，議論紛紛也越來越雜亂、越來越大聲。

「有人將氰化鉀溶入勇士力運動飲料，讓胡老闆喝了。」

「有人？是誰？不可能吧！他吃午餐的時候，我曾進來報告一些事情，那瓶罐裝的勇士力運動飲料還原封不動。所以我認為是自己放的毒，也就是說胡老闆是自殺。」

「我也認為可能是自殺，他最近不是發生了些不如意的事，譬如把顏啟俊開除。我想他一定遭受很大的壓力。」

連燦耀聽到他們提起「顏啟俊」時，好像一道水銀倒入他的頭殼內，重重地透入腦漿，沒入靈魂深處。那張忿忿不平的臉，模糊著陽光的紗窗，破舊的冰箱，以及那排不准任何人碰觸的勇士力運動飲料，霎時縮成兩道濃眉，印刻在他那平白的心岩上。

「有關顏啟俊的事，也不能全怪胡老闆，雙方都有錯。不過事情都過去了，最重要的是目前的死亡事件。」

「既不是他殺，又不是自殺，難道是無辜的受害者嗎？」

「難道沒有可能嗎？你記得前年發生在日本的千面人事件，有個人向森永製菓公司勒索，否則要在他們的產品下毒，弄得整個公司差點垮掉。」

「臺灣也有類似的事件發生……聽說不久以前，高雄一家電子公司……。」

連燦耀聽到由遠而近的警車聲音，比方才那個服務員的尖叫聲更加的驚心動魄。警察來了、新聞記者也來了、人越來越多，連燦耀看見剛才的中年男士陪著一個美麗的女郎出現在眾人的面前。他轉向群眾，幻覺中看到一張類似「顏啟俊」的臉。恍恍惚惚之際，中年男士用手指指向他，所有人的目光就聚射過來，他感覺到從自己的心臟裡，緩緩流出寒冷的血液。

第十一章

馬組長回到自己的辦公室，女王匆匆跑進來。

「組長，分局接到民眾報案，貴妃閣的胡老闆暴斃。」

「最近怎麼了，人死的不夠多嗎？」馬組長眉頭頻皺，又說：「自殺？他殺？」

「還不知道。」

「法醫判斷呢？」

「屍體的口腔咽頭一帶呈鮮紅色，並且散發苦杏仁的特殊臭味。所以初步判斷是氰化物中毒。」女王胸有成竹的說：「這情形讓我想起大約一個月前，在高雄台青電子公司的總經理和祕書小姐雙雙服毒死亡的案子。他們都是喝了含有氰化鉀的勇士力運動飲料。外罐印製是同一批號，都是X0620D初步化驗的結果成分一致，氰化鉀的含量也相同。」

馬組長眉頭的皺紋定格，眼神凌厲的望著女王。

「鄧慶思命案也是！雖然他不是氰化物中毒。可是他家的冰箱不是也有一罐含有氰化鉀的勇士力運動飲料嗎？我記得批號也是X0620D。」馬組長大叫一聲，然後指示說：「把這些案子的資料全收集起來，可能有隱藏的架構在支持整個可怕的謀殺事件。」

馬組長分派工作後，用手指著正在分析鄧慶思案情的小張說：「先放下你手邊所有的案子。我要派你去高雄出差，瞭解一下台青電子公司總經理和祕書小姐雙雙服毒死亡的案子，說不定對我們手邊的案子有所幫助。」

「是！」

「如果你到了高雄，直接找郭達手組長協助，他是該案的負責人，也是我多年好友。」馬組長想到什麼似的，又問：「勇士力飲料公司的產品出了這麼大的差錯，難道沒什麼向社會大眾說明的行動嗎？」

「關於台青雙屍命案，勇士力飲料公司已經證明與他們無關。至於接著下來的命案，他們就不能坐視不管，所以明天會召開記者招待會。」女王迅速回答。

「王警官，那妳去參加吧！聽聽看看，說不定有些甚麼幫助釐清案情的消息。還有小張，如果你遇見郭達手組長，萬一聽見他說了些什麼八卦，聽聽就好、立刻忘記，不必回來向我報告。記住，謠言止於智者。」

小張不瞭解馬組長為什麼有這種奇怪的表態，但是沒時間去仔細研究。他迅速趕往臺北車站，買了一張往高雄左營的車票，然後在出發之前，打電話連絡高雄的郭達手組長。

「我是郭達手……。」清越的聲音，如果不是事先表明身分，小張會誤以為對方還是個初出茅蘆的年輕人。聽完小張的說法之後，對方立刻表示歡迎，並且答應在小張到達之前，就把台青總經理田安鑫和祕書方露丹雙雙服毒身亡的相關文件準備齊全。

約三小時之後……

小張從清涼的左營高鐵大廳走出來，迎面陣陣的熱浪，使他深深體會到南臺灣陽光的威力。他鑽進了一部排班的計程車，往鳳山的方向直奔而去。

「少年仔，從臺北來的嗎？」

「是的。」

「一個人嗎？」

「是的！」
「要住幾天？」
「還不一定。」
「今天在高雄過夜吧！」
「或許吧！」
「住那間飯店或賓館？」
本來想聊天、打發時間的計程車司機一看對方冷淡的表情，識趣地閉起嘴來，專心開車。從後視鏡，小張看見計程車司機那一張年輕，但寫滿滄桑的臉。情不自禁又想起夢中的連燦耀。據另一位小學同學說，連燦耀生活得不錯，那麼……或許自己在命案偵破之後該去拜訪他。萬一這命案拖了一年半載的話，不是就……或許應該找個時間打電話給他吧……！
小張凌亂的回想，連燦耀好像因為有個跛腳女人被誤解用毒蛇咬死自己的丈夫，有感而發的寫信給他。他記得連燦耀的文筆很好，讓他很感動。
「信念曾經改變，五彩繽紛中的純白是信任、是希望、是人間的愛。」小張咀嚼著記憶中破碎的詩句，是不是連燦耀的原味，還是自己的加油添醋，如今已經不重要了。
哇！一個緊急剎車，讓失神的小張差點撞破了頭。
「喂！你怎麼搞的嘛！」小張一邊揉頭，一邊抗議。
「對不起、對不起……。」
「一句對不起就想抵銷你所犯的過失嗎？萬一鬧出人命，怎麼辦？」痛極了的小張不由得官腔十足。

司機顯然有些不服氣，辯道：「你也要負起部分責任，先生。」

「為什麼？」

「因為你一直從後視鏡瞪著我看，看的我心裡直發毛。」

「你又不是通緝犯，為什麼怕人家看。」

司機先生裂開大嘴，淫笑著說：「我以為你是那個。」

「什麼那個……這個。」

「就是那個！」司機翹起小指頭，正要詳細說明……。

「小心……。」小張看見迎面而來的大卡車，魂飛魄散地狂叫。

「別緊張，別緊張。」司機滑溜地一閃，正要回過頭來向小張吹噓自己的技術時，車頭已經狠狠地撞上路邊的大樹。

當小張醒過來的時候，發現自己躺在醫院的病床上，除了醫生護士外，還有一個看來溫文儒雅的中年人。

「張警官，你醒來了，真是太好了。」

一聽到聲音，小張立刻認出他就是郭達手組長。不等他開口，醫生護士立刻圍了過來。

「你覺得怎麼樣？」中年人很關心地問。

「很好。」小張動了動身體，真的沒怎樣。然後問道：「那位司機大哥怎麼啦？」

「他沒有你幸運，頭破血流，如今還在手術。幸好沒有生命危險。」

郭達丰組長和馬組長外表相差甚多，梳理整齊的西裝頭下，白淨的臉配上整齊的五官。淡淡的笑容，低柔的聲音，給人一種沉穩安靜的感覺，彷彿有了這個人，天塌下來也不必擔心。

「唉！」小張嘆了一口氣，心想真倒楣，竟然會在這種狀況下和馬組長的老朋友見面。不過想歸想，還是以初見長官的口吻和態度，恭敬而正式地問道：「您是郭達丰組長嗎？」

「是的！剛來高雄，就發生這種事，實在是……。」他搓著雙手，一副愧疚的神情，又說：「還好醫師檢查後說沒事，休養休養，明天就可以出院。」

「明天才能出院，開玩笑！」小張想到還有一大堆待辦事項，恭敬而正式的口吻立刻被丟到九霄雲外，大聲地說：「我真的沒事了，而且馬上可以出院，不信我現在立刻下床，做一百個伏地挺身給你們看看。」

「那……我問醫生看看。」郭組長求救似地看著正在替小張做檢查的醫生。

「有很多檢驗報告還沒出來，所以……。」

小張打斷醫生的話，說：「可是我今晚就要搭飛機回臺北。」

「哦！那是不可能的事。」醫生冷冷地丟下一句話，頭也不回地走了。

小張像漏氣的汽球癱瘓在病床上。郭組長趕緊靠過去，拍著他的肩膀，好言地說：「放輕鬆，放輕鬆。」

「我這次來高雄是有任務在身，怎能放輕鬆。」

「我已經把你車禍的事告訴老馬了，這是飛來橫禍，他不會怪你的。」郭組長展顏一笑，和靄地說：「何況我們不一定要在警察局談呀！如果你覺得身心無恙，要討論案情，醫院也是個不錯的地方啊！」

「我不懂你的意思。」

「我把你想要瞭解的資料都帶來了。所以，如果你不介意的話，我們可以現在就開始工作。」

「太棒了！」小張興奮地說：「那我們從那裡開始呢？」

「主隨客便。我建議你先把三宗命案做個概括的分析，因為我們這方面的資料太少。當初如果不是我的堅持，他們早就把台青電子的雙屍命案歸罪那名廚師結案。」

小張想要下床，被郭組長阻止，於是無奈地說：「那麼，麻煩你將我的公事包拿給我。」

郭組長將公事包拿給他。小張從裡面拿出平板電腦，再拿出幾份影印的資料，交給郭組長。

「貴妃閣命案，警方暫時以『可能自殺，也不排除他殺』的外交辭令對外界發布，但是私底下卻如火如荼地進行調查。」

「依據資料記載，所有的和命案有關的勇士力運動飲料，批號都是X0620D，所以不可能是巧合，一定有絕對性的關聯。」

「另外有關鄧慶思命案，那一罐勇士力運動飲料也包括在內。我們曾經對貴妃閣胡老闆所喝的，做了分析。」小張揚了揚手中的化驗單，說：「因為運動飲料含有鉀、鈣、果糖等原料，我們的檢驗人員選擇其中三項做指標。有一個重大的發現，我們從勇士力公司的庫存品中，取同一批號的樣品來化驗，卻發現配料有異。」

郭組長也抽出了一張化驗單，說：「我們這邊沒有做那麼詳細的化驗，倒是做了氰化鉀的定性和定量分析。哇！竟然和你們的那一份相同。意思是說，兇手自己配料，加上氰化鉀，然後裝入印有有效日期的勇士力運動飲料罐中。根據調查，勇士力公司曾經接到恐嚇電話，日期是今年六月二十五日上午九點三十分，有個操標準國語的男人說，他將在批號為X0620D的飲料下毒。由於該批飲料只有部分出貨，勇士力公司為了謹慎起見，就全面收回。盤點之後，沒有遺漏任何一罐，就放下心，而該男子從此沒有再打電話來，於是當成是有人惡作劇。」

「可是台青電子公司發生命案時，勇士力飲料公司不緊張嗎？」小張提出疑問。

「誠如我剛才所說配料有異，所以勇士力公司認為是死者或另有他人將配料裝入他們公司的產品罐中。而且有送貨資料顯示，該批飲料在二十五日之前，根本沒有送到桃竹苗以南的地區。」

「批號X0620D，據我猜想，應該是今年六月二十日製造，但是D代表什麼？」

「他們為了檢驗上的容易區分，早上八點到十點所製造的，以A做代號，十點到十二點是B，下午一點到三點是C，D就是下午三點到五點。食品公司或飲料公司是大量生產，如果沒這樣細分的話，萬一出了問題，就要被迫全部下架，損失慘重。所以縱然是同一天製造，X0620A、X0620B和X0620C就沒問題了。」

小張看了郭組長一眼，除了感到對方的耐心和溫柔，心中覺得奇怪，馬組長怎麼會有一個和他個性宛如天壤之別的朋友，也許這就是所謂的互相補償作用吧！

「關於鄧慶思命案，你我皆知，不必多言解釋。所以直接跳往貴妃閣的毒殺事件。」

郭組長讓小張看自己的平板電腦，說：「這是貴妃閣命案現場的照片。你參考一下。我知道貴妃閣胡老闆命案不是你經手，所以我特地和調查該案的人員仔細討論過。除此之外，我收集了些小道消息，聽說……貴妃閣是角頭老大開的，對於任何凶殺或恩恩怨怨的事，員工一律對外表示不知情，這是他們的規矩。在某方面看來是保護幫派，另一方面也是保護他們自己。負責調查貴妃閣命案的劉警官，說有位連姓青年到貴妃閣找胡老闆談辦結婚喜宴的事，可是胡老闆遲遲不露面，他就拜託服務員替他傳報一聲。」

「連姓青年？」不知怎麼搞的，小張的心猛跳了一下。

「是的！這是他的個人資料……。」郭組長抽出一張文件，「連燦耀」三個字赫然出現在小張的眼前。

「現場如何？」

「沒有任何毀壞或有爭鬥的痕跡，胡老闆坐在辦公桌後，就像在睡午覺似地，頭歪在一邊，雙手放在肚子上，勇士力飲料的罐子就掉在地板上，因為是拉環式包裝，洞口很小，裡面的液體還保留很多。」

「餐廳通常不供應運動飲料吧！」

「是的，他們都是果汁或純汽水，但是因為最近廣告做的很凶，所以他們也有少量進貨，通常都是員工自己喝的，尤其是比較年輕的員工。」

「剛才你提到的廚師是怎麼一回事？」

「那位廚師姓顏，叫做顏啟俊，曾經和鄧慶思共事，兩人有過節。後來到台青電子公司工作，被主管發現健康有問題，被死者田安鑫辭退。當時我們認為他有殺人動機，後來錄影帶證實另有其人。他離開高雄到臺北的貴妃閣當主廚，據齊經理供稱他和胡老闆曾發生口角。前兩項都有確實證據，後一項由於每人都守口如瓶，對齊經理的說詞就姑妄信之。不管如何，此人和三件命案都有密切的關聯。」

「那他人呢？」小張感覺到自己的腎上腺素正大量分泌。

「在你來高雄之前，我有和老馬討論過。目前行蹤成謎，還沒找到他人在哪裡。」

「還有沒有可疑的人、事、物？」

「胡老闆死前，估計是半小時至一小時，有位訪客。當時，他的女朋友也在場。後來他的女朋友陪訪客出去，還沒回來，胡老闆就出事了。」郭組長看著資料，繼續說：「那個女人是胡老闆的女朋友，本名李寶鳳。她是個從事特種營業的女人，花名昭君。出事當時，她由餐廳經理陪同，接受警方的詢問。」

「我在調查鄧慶思，她是關係人之一，我去找過她問話。怎麼又和貴妃閣的胡老闆扯在一起，真是個楊花水性、不甘寂寞的女人。」

「是啊！所以她不但和胡老闆命案扯在一起，也和鄧慶思命案扯在一起囉！還有一件事情值得商榷，當時除了胡老闆和昭君之外，還有一個男人。他在胡老闆還活著的時候離開。這不奇怪，奇怪的是他的錄影和當初涉嫌台青雙屍命案神祕第三者的錄影幾有點類似，都是瘦瘦高高。可惜沒有錄到重點。」

「重點？」

「當時因為錄到神祕第三者除了和顏啟俊身形大不相同外，重點是他的右手中指有個黑斑。可惜，沒有錄到。另外，台青電子的人事處在幾天前通知我們，他們公司有位名叫王羨榮的工程師辭職了。辭職後，不知去向。據說，他曾經猛烈追求死者之一的祕書方露丹。可是方露丹的芳心另有所屬，所以也算是有殺人的動機。何況，他也是瘦瘦高高的體型，鑑識科正在做深入的比對。」

「還有呢？」

「另外，有位名叫曹星發的人，本來是勇士力飲料公司的研發部主任，台青電子公司發生命案之後，他三級跳似地升為協理，似乎有什麼內幕。因為沒什麼證據，我們只能暗中調查。另外，從側面消息打聽出來，勇士力飲料公司曾經付九百萬元給一位企劃部經理，據說和這些事件也有關連，正在密切注意中。目前偵查的方向是這三罐有毒的勇士力運動飲料由誰製成，如何傳送到死者的手中？至於，是否還有其他的有毒飲料，必須極力找出來，否則會有更多的命案產生。」

「郭組長，你辦案真認真。」小張真誠的讚美。

「沒有啦，臺北那邊隨時給我新的消息。以上就是王警官給我的。」郭組長拍了一下放在面前的平板電腦。

「王警官？」

「王效瑜警官，你不認識嗎？」

「喔！當然認識，只是叫慣了她的綽號。」

「你們叫她甚麼綽號？」

「女王。」小張除了解釋綽號由來之外，還講了一些不關痛癢的趣事，包括她精通國術，尤其擅長耍弄雙槍，大學時代是個風雲人物，大家尊稱她雙槍王八妹。

「對於王警官的綽號，我覺得女俠比女王適合多了。」

「是喔？」小張又發現了郭組長耿直的一面。

「對不起！」小張和郭組長談的正聚精會神，沒有注意到醫生已經站在兩人的身邊。

郭組長趕緊站起來，兩眼疑視醫生手中的檢驗報告。

「不要客氣。」醫生說：「檢驗報告都出來了，一切ＯＫ！你可以替病人辦出院手續。不過，還是要多加注意，萬一有什麼異狀，要趕快送到醫院。」

「謝謝，謝謝。」郭組長笑著說：「你真是吉人天相，發生那麼大的車禍，居然毫髮未損，真是……。」

「大難不死，必有後福。」小張開懷地說。

「等一下我帶你去填填肚子。看你整天吊點滴，胃一定很難受，順便欣賞星空下的高雄。」

「我想早一點回去。」

「放心，今晚一定會讓你回臺北。不過你難得來高雄一趟，不好好招待你的話，老馬會說我小器。」郭組長拍拍小張的肩膀，說：「你收拾一下，我去辦出院手續。」

小張看著郭組長的背影，不由得想起馬組長——這兩個男人之間，到底存在什麼祕密。

一個小時之後，小張和郭組長已經坐在某間位置在都會公園門口的燒烤餐廳。點完菜之後，郭組長就打開了話匣子。

「我是高雄人，唸小學的時候，到處都可以看見綠油油的稻田或山坡。現在呢？水泥野獸的足跡已伸向土地的每個角落，想要看一下鄉村的風貌簡直難上加難。以目前的這種速度開發下去，高雄的土地早晚會披上一層鋼筋水泥。」郭組長感慨地說，然後指著窗外的景色，說明地名，指到都會公園時，難免又談了有關命案的情節。

「今晚要好好享受，不談那些血淋淋的事情。」郭組長從皮包裡面拿出一瓶酒，不過已剩下三分之一，說：「這是人家送我的酒，你看酒名叫做賴茅，另外又叫茅台的爸爸。等一下我們把它喝光。」

「對不起，我不會喝酒。」小張的眼光又瞟向窗外，都會公園在萬家燈火之中，宛如是琉璃海中一塊黑色的島嶼，幾點亮光在其間閃爍，益發令人感到某種驚悚的神祕。樹影在晚風中搖動，彷彿一縷又一縷哭泣的鬼魂……。

「真的，好極了！那我可以多喝一些。不過我真心勸你喝一點點，包準你一輩子回味無窮。」

小張經不起郭組長的遊說，喝了一小口，感覺並不像酒類，但是真的很好喝。由於事先表明不喝酒，所以就淺嚐而止。

三菜一湯很快就上桌。金碧輝煌的晚霞慢慢褪去，淡紫色的天空浮著灰藍色的雲層，底下浮映著玫瑰色的光彩。兩人一面吃，一面聊天，話題很自然地指向遠在臺北的馬組長。

「他搶走了我的女朋友！」

小張大吃一驚，心想郭組長是不是酒喝多了，否則怎麼會扯上這麼私密的話題。

「我們那一期的，全部都知道。淑燕，也就是現在的馬太太，你見過她嗎？」

「見過，她常請我們去她家吃飯。」

「很好的一個女人，老馬真是人在福中不知福。」

「組長有他難言的苦衷。」

「小子，你不用替他找藉口，我也是警察，難道不瞭解他的苦衷。」

「郭組長，我很好奇。他怎麼搶走你的女朋友？」

「我和淑燕是青梅竹馬的好朋友，雖然沒有訂下海誓山盟，可是雙方都有默許。我學校畢業，工作幾年，申請調回高雄，兩人就結婚。那一年畢業旅行時，同學順路到我家玩，南部的人比較保守，淑燕自然沒有在大家面前透露出一絲和我有感情的樣子。沒想到老馬看到淑燕，驚為天人，立刻展開熱烈的追求。」

「難道你沒有表示你的心意嗎？」

「我問過淑燕，結果她說她比較喜歡老馬。」郭組長嘆了一口氣，臉上浮現悔不當初的表情，又說：「當時年輕不懂事，以為很多事都可以用語言溝通，沒想到竟弄巧成拙。記得當她回答我時的那個表情，回想起來都會令人心痛。但為了賭一口氣，我竟然也含笑地祝福他們兩個。」

「我們組長知道這些事嗎？」

「在一次酒醉的時候，我當著他的面全部說出來。老馬也夠意思，笑笑地說——誰沒有過去。從此以後，我就不再吃淑燕煮的金針排骨。」

「什麼意思？」

「金針排骨是我最喜歡吃的一道菜，除了我阿母之外，就只有淑燕知道。她花了很多時間去研究，終於煮出最合乎我胃口的金針排骨湯。如果我去老馬家的時候，她就煮這道湯。我懷著既甜蜜又辛酸的往事，默默地吃著，偶而抬起頭，和她交換個眼神，那情形彷彿是……。」

「彷彿是什麼呢？」小張覺得不該追問到底，但是按捺不住好奇，還有郭組長那欲言又止的誘惑。

「彷彿是背著老馬，兩人在偷情。」講到這裡，郭組長望向窗外，說：「我知道淑燕嫁給老馬並不快樂，她是個心思緻密，感情纖細的女人，而老馬粗枝大葉，什麼事都可以大而化之。半年前吧！淑燕因受不了生活的壓力，帶著小孩回南部來。我常常去看她，聽她說話，我有我自己的家庭，有自己的生命軌道。後來，淑燕還是重回老馬的懷抱。經過那次的教訓，兩人都替對方做了自我的調整，畢竟婚姻總是須要花心血去經營，何況又有了孩子。我們都是成熟的大人了，不可以想做什麼、就做甚麼。」

郭組長帶來的那瓶名貴的「賴茅」已經一滴不剩，而窗外的夜色像隻墨魚般的大怪獸，不斷地噴吐出濃的化不開的黑霧。

第十二章

「新郎、新娘，敬酒。」

「貴妃閣」的業務並沒有因為鬧出老闆暴斃而有所改變，看看今晚的兩府合婚，金色的富麗堂皇加上紅色的喜氣洋洋，根本嗅不出兩天前那詭異的死亡氣息呢！連燦耀知道警方故意把胡老闆的死發佈成「好像」自殺，所以事端並沒有被擴大。但是他心裡有數，關鍵在於「勇士力」運動飲料。當然，主要是新郎史正生的堅持，身為推理迷的他非但不信邪，還覺得很有趣。能夠在發生命案的犯罪現場舉辦婚宴，不是很酷嗎？求都求不來，怎麼會拒絕呢？不過，雙方的長輩和親戚都沒參加，所以少了好幾桌。新郎史正生非常慷慨，禮金一律拒收。這個舉動讓認識他的人感覺非常不可思議。

當婚宴結束，連燦耀隨著眾人離開貴妃閣，走向停車場。肚子忽然一陣絞痛，於是趕緊跑回飯店解決問題。一陣劈拉啪啦之後，他才通體舒暢的站起來。

從洗手間出來的連燦耀，看見走廊轉角處，史正生和一名男子親密的說話。那名男子就是在胡老闆慘遭不幸的當天，表現出宛似大將軍般睿智幹練的中年男士。連燦耀記得他的眼睛可以用「朗若明星」來形容，相形之下，臉部其他的部位就顯得平淡無奇。

喜宴之間，他也過來打招呼。連燦耀知道他姓齊，大家稱呼他齊經理。

史正生發現連燦耀，驚訝的程度不亞於看見鬼。齊經理看起來倒是很鎮定。連燦耀禮貌性地走過去，向兩人打招呼。

「感謝，感謝。」齊經理忽然對史正生禮貌起來，刻意大聲說：「這裡太嘈雜，講話不方便。」

連燦耀聽出齊經理語氣中的弦外之音，似乎有意和史正生深談，本來應該告退。可是，看到史正生鼓勵的眼神，還向他招招手，他也就不識相的跟了過去，還多此一舉的做了個「請便」的手勢。

齊經理立刻帶他們進入一間小房間。

「首先感謝你和史先生，如果你們不願意來貴妃閣辦婚宴的話，我們可要損失慘重。然後感謝你提供重要的資料給警方。」

當齊經理起了這樣的頭，話題自然而然轉向胡老闆命案。

「聽說連先生是顏師傅的好朋友？你們是怎麼認識的？」

連燦耀不知道為什麼自己變成三人中的焦點，就把自己和顏啟俊在數年前的同事關係，不久前的重逢，以及最後一次的拜訪，詳詳細細地做了一番交代。其間，史正生沉默寡言，偶而提出幾個問題，或是替齊經理說明連燦耀交代不清楚的地方。

當連燦耀說話當間，齊經理拿起桌上的茶壺，倒了一杯茶，遞給連燦耀。同時又說：「你覺得顏啟俊這個人怎麼樣？」

「在我印象裡，他雖是個嫉世憤俗的青年，心地卻還不錯。不過隔了許多年，也許有所改變也不一定。」

史正生忽然插嘴：「齊經理，讓我們直話直說吧！你對顏啟俊有什麼看法？」

「既然史先生挑明話題，我就不諱言。我對顏啟俊沒有什麼偏見。只是懷疑他就是毒害胡老闆的兇手。不能怪我多疑，而是我們這裡流竄著一些謠言。」

「謠言？什麼謠言。」

「顏啟俊和胡老闆發生過嚴重的口角，差一點就打起來，還有某些外人無法瞭解的私人恩怨，我也不想多說，只是眾人都知道顏啟俊有強烈的殺人動機。因為胡老闆認為顏啟俊無法擔任廚師的工作，要他辭職。」

「為什麼？」

「顏啟俊病了，變的很衰弱。又不肯去給醫生看，胡老闆怕他染上甚麼不乾不淨的病。做吃的這一行，最怕這個。」齊經理摸摸自己的臉頰，這似乎是他下意識的動作。

連燦耀聆聽兩人的對話，同時研究著齊經理的動作。可惜無法一心兩用，只能專注地聽他再說下去。

「有了動機之後，就要看是否有直接的證據。發生命案的……當然，目前不知是否能夠構成命案的成立。據我所知，發生命案的那一天，顏啟俊曾經來找過胡老闆。他對別人說是要向胡老闆道歉，同時向老同事告別。這些說法合情合理，任誰都能接受。問題就出在他的背包……。」

「背包？」

連燦耀的記憶忽然清晰起來，顏啟俊的那兩道濃眉，彷彿印刻在心版上的黑痕，剎時吐出神祕的光暈，連燦耀茫然地喝乾了杯中的茶。

「顏啟俊來的時候，背了個黑色的背包，我有看見他裝了一罐勇士力運動飲料，這意味著什麼呢？」他的眼睛益發閃閃發亮：「勇士力運動飲料對我有特別的意義，因此特別敏感。」

連燦耀想起胡老闆喪命當天，齊經理檢視勇士力運動飲料的一幕躍上心頭，這意味著什麼呢？他下意識地舉了舉杯，才發現杯中沒有茶。齊經理看在眼裡，卻沒有意思再為他倒一杯。倒是史正生體貼地幫了忙。

「我在想顏啟俊這個人絕不可能來向胡老闆道歉，錯不在他，何況他的個性剛烈，絕不輕易向人低頭。」

「我懂你意思，齊經理。不過，我依然不明白，顏啟俊到底用什麼法子毒死胡老闆。」

「本來我也百思不解。然而有個朋友告訴我，他以前的總經理也是喝了含有氰化鉀的勇力士運動飲料而死的，我才大膽地做出以上的推理。」

史正生看了連燦耀一眼，說：「是不是台青電子公司的田安鑫總經理，和他的女祕書雙雙死亡？」

每一次舊事重提時，方露丹的倩影在連燦耀的心中就更淡一些。但是，就是無法完全消失。

「好像有被約談過，但是可能證據不足，最後不了了之。」

「不過，由於這兩宗事件的交集中，最重要的兩點是含毒的勇士力運動飲料和顏啟俊，這就不能不重新評估。」

齊經理說：「勇士力運動飲料對我有特別的意義，因為……。」

連燦耀心想：「勇士力運動飲料對齊經理有特別的意義？這意味著什麼呢？」

連燦耀面對講個不停的齊經理，忽然想起當時他還沒進入瑞毅生物科技公司，為了找工作，所以不會放過任何和生技公司有關的消息。飲料和食品公司也不例外。有一個人令他記憶深刻，勇士力運動飲料的配方調製者齊開庸。他發覺兩人的面孔有些像，尤其是笑起來的樣子，而且名字只差一個字。連燦耀想起眼前這位齊經理遞給他的名片，上面寫著：齊開疆。

兩個人會不會是兄弟？連燦耀一回神，已經錯失齊經理部分的談話。

齊經理吞了吞口水，略有遲疑地說：「這不是很明顯嗎？兇手可以將氰化鉀放入半成品內，委託技師封罐，然後收藏起來，以便做為復仇的工具。」

史正生臉色凜然，說：「所以，齊經理已經識破兇手的行兇手法。如果是事實的話，我們要立刻阻止。」

「說句老實話，是我幫助顏啟俊逃亡。」連燦耀不知道齊經理為何要透露這天大的祕密，只能保持沉默繼續聽下去。

「我去過他的住處，發現冰箱裡還有一些『勇士力』運動飲料，如果不阻止的話，很可能會有下一個犧牲者出現。」

連燦耀想起他去過顏啟俊的小屋，那是齊經理幫他安排的住處嗎？如今他逃到哪裡去呢？想起冰箱裡的勇士力，還有他怪異的表現。只是當初沒有現在的想法，後知後覺嗎？不能怪自己。

「可是，目前能夠博取他信任的人，唯有你而已。不是嗎？你趕緊勸他去自首吧！」

「萬萬不可，你不要問我為什麼。我了解顏啟俊的苦衷，所以我知法犯法，協助他逃亡，還幫他找藏匿之處。我怎麼可能會勸他自首？唯一的方法是阻止他再毒害任何一個人。」

「那我們該怎麼辦？」史正生露出焦急而迷惘的眼神，好像等待連燦耀的答案。

「我們必須冒險去取他冰箱裡的勇士力運動飲料。」

「萬一化驗沒有氰化鉀的話，情況不是和報警一樣誣賴好人嗎？」

「你們是生化學家，可以先化驗化驗。氰化鉀不是有苦杏仁的氣味嗎？」齊經理摸了摸臉頰，沒有摸到的那一邊，微微地露出笑意。不知怎麼搞的，連燦耀對那個笑意，感到十分反感。他懶的解釋不是每個人都可以聞出那種味道，加上如果飲料本身加上香料，是無法用官能判別。至於化驗，如果沒有特定的儀器，根本分析不出來。

連燦耀瞇起雙眼，讓他的臥蠶看起來更豐厚。他堅持原來的看法，說：「我認為還是應該直接去報警是萬全之計。」

「我已經說過，這件事情不能讓警方介入。」

「我不懂。」

「說了之後，你就會懂。」又是一陣令連燦耀反感的笑意，他說：「我們去顏啟俊住的地方，設法拿出認為有問題的運動飲料，然後看他的反應，尤其是當我們假裝要喝下去的時候。」

連燦耀別過臉去，正巧面對窗口，宛如遠眺碧海青天的模樣。然而那畢竟不是碧海青天夜夜心，而是霓虹繁爍，紅塵繽紛的臺北之夜。

齊經理顯然讀出連燦耀的諷刺，笑著說：「我們當然不可能真的去喝，而是用掉包的方式。有個人會在外頭監視，如果他有失控的舉動，外面的人就衝進去。顏啟俊住的地方，我曾經去過，所以一切沒問題。」

連燦耀不語，可是眼神卻說出：「為什麼要這樣做？」

「你可以不要這樣做，只是，你不是在暗中調查一件命案嗎？顏啟俊或許也是一隻解開謎底的鑰匙。」

當齊經理露出無所不知的笑容，連燦耀慌亂地把視線移開。他求救地望著低頭的史正生，只見反映在玻璃茶几上，自己的臉孔恍若一朵乾縮的曼陀羅，垂掛在枝頭。只要一陣風吹來，就會重重地墜落在地面……。

第十二章

小張穩穩坐在高鐵車內，還有五分鐘就要開車了。他望著事不關己的旅客。在這些紛紛擾擾的案件中，在夢中向他申冤的連燦耀終於出現了，這意味著什麼呢？映在玻璃窗的面孔，自己看起來有些陌生。反而有點像記憶中的連燦耀，那個有些傻氣、卻又充滿正義感的連燦耀。小張迫切的希望，夢和事實相反的說法是百分之一百正確。那麼，連燦耀不就安然無事了嗎？

車外沉悶的黑夜，使睡意彷彿火山口冒出的岩漿，迅速的掩蓋了小張的肢體。就在他逐漸忘卻自我時，耳邊轟起一串濃濁的音節，他抬眼茫然而望，原來是鄰座的男人在自言自語。他緊靠在小張左邊，隨著車廂的晃動，不斷的擠壓著他，宛如一塊巨大的海綿。

他看小張睜開眼睛，就舉起粗壯的右腕，金色的錶面在小張的眼前閃了一閃，是面沒有響聲的鑼。他說：「要再過一個半小時，才會到臺北，好無聊。」

小張瞭解鄰座的男人想要和他搭訕，以便打發這段無聊的時間。但是小張實在是沒有心情，這些日子以來的偵查辦案，使他累的像一條脫水的蘿蔔，只好拉起嘴角一笑，並且敷衍的重複了他所說的句子。

那位仁兄很慈悲的放棄了他，轉過頭去跟另一位滿面倦容的紳士說話。不知甚麼原因，燈光忽然轉暗，鄰座男人的身體黯淡成一抹影子，外圍的曲線卻明燦起來，宛如一張用紅外線鏡頭處理過的照片，還保留著流光的軌跡。小張伸出想像的手，愛撫著黑暗中那些發亮的表面，是一蕊掙扎的燭花，從深埋的慾念中開始燃燒，迅速的順著他的神經蔓延，然後在心口猛烈的爆炸。

狹小的座位使徘徊在現實和夢境之間的小張感到很不舒服，似乎有張陌生的臉龐飄在濕冷的夜空，兩隻眼睛段段的分離，彷彿兩粒不同色澤的慧星，個別飛竄到南極和北極。這是一件經過洗滌的夢，單調而恐怖，卻極富現代的科幻。小張強迫自己醒過來……。

小張又迷迷糊糊地落入另一個夢境，他看見了小時候的連燦耀。天旋地轉中，小張彷彿是被剛剛開始火葬的屍體，上半身不由自主的縮豎起來。他吐了一口大氣，車廂內依然幽黑，只有各個窗口，懸浮著汙濁的乳光。鄰座男人睡著了，張著口用呼吸演奏《大黃蜂交響曲》，幸好有轟隆轟隆的車輪聲伴奏，所以耳朵不會有被「叮」的感覺。

「張法忠、張法忠。」

小張回頭一看，原來是連燦耀。蘋果般的小臉蛋在飛滿灰塵的窗口向他招手。燙的筆直的學生服上別著幾朵紅色的菊花。

「我是阿煌的堂弟，阿耀。」

「你怎麼了？」

「你是風紀股長，對不對？」

小張想不起自己是不是風紀股長，但是看見對方堅毅而信任的眼神，不得不點頭承認。

「有人欺侮我，你去向老師說，好不好？」

「為什麼你自己不去呢？」

「因為我已經死了，你看。」他摸了摸那幾朵紅色的菊花，忽然變成鮮血流下來。

「啊！」小張大叫一聲，說：「是誰殺死你？」

「是……。」連燦耀大聲地說，可是小張卻聽不見，因為被上課鈴聲蓋住了。小張跑過去，想聽個清楚，但是忽然刮起一陣風，將連燦耀捲到天空去，而上課鈴聲一直響個不停……。

「啊！原來是一場夢。」小張一手揉著眼睛，原來一直響個不停的聲音，是鄰座男人手機的來電鈴聲。睡夢中的男人一時找不到按鍵，鈴聲就這樣天荒地老的蔓延下去。小張非常感謝這擾人清夢的鈴聲，將他從恐怖的夢境解救出來。等到他完全清醒時，原本存在夢中的那點恐懼，忽然像灌足了氣，不停地漲大體積，佔據了整片的心靈王國。小張決定今天要採取行動，否則他會被這神祕恐懼炸成碎片。

小張將高雄之行，除了和郭組長在晚餐時的私談之外，全部向馬組長報告。

「很好，這對我們的辦案，有很大的幫助。」馬組長看了看小張：「你還好嗎？聽老郭說，你的傷勢蠻嚴重的。」

「看起來很嚴重，其實沒甚麼。你看我現在不是甚麼都沒事了嗎？幸好郭組長在醫院全程陪我。」

「他對你印象好像很好嘛！」老馬似笑非笑地說。

小張扯開話題說：「組長，勇士力飲料公司的記者會辦的怎樣？」

「唉！聽女王說，有參加等於沒參加。」

「怎麼回事，難道沒有任何斬獲嗎？」

「你看看當天的錄影，就知道了。」

小張一面看，一面聽馬組長用著開玩笑的語氣，抱怨著說：「記者會的地點在勇士力飲料公司的二樓會議室，我剛到達時，有個肥胖的中年人正拿著麥克風在說話，顯然是卡拉ＯＫ唱多了，所以表情和手勢非常富於變化。講到『公司的創業時期』，有葉啟田唱〈愛拼才會贏〉的味道。講到『勇士力運動飲料事件』時，宛如一位感情投入的歌星，咬牙切齒兼淚光閃閃的唱〈你對我再三誤解〉。講到公司的未來及絕不逃避、勇於負責和追求真相的態度，整個會場充滿著〈我的未來不是夢〉、〈明天會更好〉等明快的旋律。」

小張看完錄影帶後，馬組長用鄙夷的口氣訴說著：「他的結語——總之，這不是本公司的錯，關於接下來的任何問題，公司代表曹星發將負責回答。」

「聽說曹星發是個厲害的角色。」

「那些記者的問題彷彿是事前安排似的，使曹星發的回答和發言變成標準公式。不過，當曹星發解釋勇士力飲料的製造流程時，卻給了我意外的靈感。」

「靈感？太好了。」

「我已經詳細地寫在紙上，你先去參考，然後找機會到勇士力飲料公司去實地觀察。依我推想，那個曹星發勢必親自出馬，然後你再見機行事。坦白說，我是個不信任預感的人，但是這個人偏偏給我一種說不上來的感覺，彷彿和這幾宗連續殺人脫不了關係似地。」說到這裡，馬組長忽然想到什麼事，說：「聽說你的小學同學連燦耀是貴妃閣胡老闆命案的發現者，看來你所做的夢似乎一點一滴的和現實扯上關係。所以，我們一定要找到顏啟俊。」

但是，可能嗎？有名警察匆匆忙忙地跑進來，神色緊張的跟馬組長報告甚麼。小張不得不運用特權取得連燦耀的手機號碼，正思考打了電話之後，將要講些甚麼話題時……。

「喂！小張，你還有閒情逸致在這裡發呆。」

小張抬頭一看，原來是一起辦案的女王。

「怎麼……？」

「我們全力追緝的顏啟俊死了，老馬正大發雷霆。」

正在做專心思考的小張誤聽死者是連燦耀。弄清楚之後，暗暗舒了一口氣，趕緊跟著女王進入馬組長的辦公室。

「第四個命案，第五條人命！」馬組長不斷地重複這句話。

小張，女王和另外兩名警官靜靜地坐在旁邊。

「太離奇了！我們好不容易抓到線索，怎麼人就死了。」

「我將顏啟俊的照片拿給鄧家女佣蕭碧梅看，她立刻就認出來。她說約在十天前，有個推銷員到鄧家向她推銷靈芝、花粉類的健康食品，因為天氣熱，她讓他多休息一下。顏啟俊向她借廁所，用了很久，她以為他的胃腸有毛病。可能是利用那段時間，偷偷跑到鄧慶思的臥室，把含有氰化鉀的勇士力運動飲料放進小冰箱中。」

「未免太冒險了吧！」

「他可能是先去觀察，因為蕭碧梅說他曾答應第二天送樣品去給她試吃。因為第一次就搞定，所以就沒必要再去。」

「我覺得有點牽強。」

「有何不可能？你記得我們的第二次約談蕭碧梅，那些精采絕倫的對話。搞不好兩人就在鄧慶思的床上大搞特搞。」

「嗯，是有道理……那報案的人怎麼說？」由於案件分配不一樣，所以劉警官對於顏啟俊命案不甚瞭解。

一個臉部有刀疤的警官說：「報案的人就是曾經提供不少資料給我們的齊經理，就是在貴妃閣當經理的齊開疆先生。因為，他一心認定顏啟俊就是兇手，所以曾經去找他談過。」

「他為什麼不報警，當時不是沒有人知道顏啟俊的下落？」

「他知道的，只因為他和顏啟俊交情不錯，所以他知道顏啟俊逃亡的藏匿處。他的想法是與其讓警方逮捕，不如親自去說服他自首，刑責可能會減輕。他是一番好意，沒想到去了之後，發現顏啟俊已經服毒自盡。」

「會不會是齊開疆私藏人犯？」

「這…我就不知道了。」

「有沒有人陪他一道去？」

「根據齊開疆的說詞，他是單獨行動。」

「齊開疆這名字聽起來……好像在那裡聽過。啊！對了，我在勇士力飲料公司的記者招待會，看到的公司簡介中，好像有寫到研發部經理齊開庸？」

「是的，兩人其實是同一個人。勇士力飲料公司曾經付九百萬元給離職的齊開庸。他去國外度了假，改了個名字，重新出發，在「貴妃閣」擔任經理。依據調查，他還做了微整形。」

關於齊開疆，大家七嘴八舌地討論了十幾分鐘，也討論不出什麼結果，於是馬組長建議另外一個主題。

馬組長提問：「那些含毒的飲料還剩幾罐？」

「不知道。至少顏啟俊的冰箱都沒有發現，最後一罐被顏啟俊喝了。」

「都是一樣的嗎？」

「所有的成份相同，其餘的印製批號一樣，而且鋁罐的材質和色澤完全相同。也就是說除了鄧慶思，台青雙屍命案貴妃閣胡老闆都是被同一批含有氰化鉀的勇士力運動飲料毒死的。但是，留在鄧慶思命案現場的也是同一批含有氰化鉀的勇士力運動飲料。」

「但願就這麼結束，可是……。」

不必馬組長說出來，大家都有預感，這件飲料毒殺事件還沒結束。因為顏啟俊沒有留下遺書，也沒有任何證據來證明他是自殺。

「小張！」

「是！組長。」

「關於勇士力飲料公司，你還是要跑一趟。」

「我個人覺得關鍵點就是勇士力飲料，似乎製程出了些問題，你找曹星發當面談談。還有務必集思廣益，請大家努力、努力、再努力吧！」

大家覺得空氣越來越稀薄，恨不得立刻衝出這個要命的辦公室，到外面去「鬼哭神號」一番。

第十四章

連燦耀別過臉去，正巧面對窗口，宛如遠眺碧海藍天的模樣。然而那畢竟不是碧海藍天，而是陽光繁爍，紅塵繽紛的午後臺北。可是，當他轉過頭來，只見雙眼發亮的齊經理，模樣就像黑夜叢林的黑豹。只有眼睛，沒有身體。他好害怕，他好孤單，史正生呢？他剛才不是在這裡嗎？他怎麼不見了，他到哪裡去了？

「那我們該怎麼辦？或是我要怎麼做？」迷惘的連燦耀完全不像一個留美歸國的科學家。

「我們必須冒險去取他冰箱裡的『勇士力』運動飲料。」

「萬一化驗沒有氰化鉀的話，情況不是和報警一樣誣賴好人嗎？」

「你是生化學家，可以先化驗化驗。」齊經理摸了摸臉頰，沒有摸到的那一邊，微微地露出笑意。不知怎麼搞的，連燦耀對那個笑意，感到十分反感。

「我個人想法，直接去報警是萬全之計。」

「我已經說過，這件事情不能讓警方介入。」

「我不懂。」史正生呢？他剛才不是在這裡嗎？他怎麼不見了，他到哪裡去了？連燦耀想找手機，手機也不見了。

「說了之後，你就會懂。」又是一陣令連燦耀反感的笑意，他說：「我們去顏啟俊住的地方，設法拿出認為有問題的運動飲料，然後看他的反應，尤其是當我們假裝要喝下去的時候。」

「我懂了，你要我去冒險。」

齊經理顯然讀出連燦耀的諷刺，笑著說：「你當然不可能真的去喝，而是用掉包的方式。我會在外頭監視，如果他有不利你的舉動，我就衝進去。顏啟俊住的地方，我曾經去過，所以一切沒問題。」

「我為什麼要這樣做？」

「你可以不要這樣做，只是你不是在暗中調查一件命案嗎？顏啟俊或許也是一隻解開謎底的鑰匙。」

連燦耀迷惑地盯著齊經理，當對方露出無所不知的笑容。他低下頭，只見自己的臉映照在玻璃茶几上恍若一朵乾縮的曼陀羅，垂掛在枝頭。只要一陣風吹來，就會重重地墜落在地面……。

連燦耀被說服了，應該不是被說服，而是被強迫帶離開。應該也不能說被強迫，而是迷迷糊糊跟著齊開疆從貴妃閣的側門出來，迷迷糊糊來到這個似乎被城市人所遺忘的地帶。

連燦耀先下車，齊開疆停好車再出來，對流在兩人之間的空氣驟然下降了幾度。當齊開疆向他使眼色時，連燦耀想起警匪片中，黑社會老大指使卒仔去殺人的一幕，心中很不是滋味。但是心中的使命感和想要一窺究竟的好奇心迫使他義無反顧，勇往直前。也許這就是悲劇英雄的宿命與悲哀。但是，連燦耀又搞不清楚自己心裡想的是甚麼，一切都是宛如在夢中。

走向顏啟俊的住處時，連燦耀感覺有個女人在櫥窗之後窺伺。靠近時，才發現是個人體模特兒，而那一次拜訪顏啟俊所發生的點點滴滴，益發如碎夢般的遙遠、虛空。

連燦耀右手敲門，左手提著一袋齊開疆準備的勇士力運動飲料。過了很久很久之後，門才被慢慢打開。連燦耀發現才幾週不見的顏啟俊簡直變了一個人，像極了緊緊包覆著一層皮的骷髏。

當顏啟俊的濃眉重現時，連燦耀的心宛如風吹襲過的沙丘，呈現出柔和的曲面。他說明是來道謝，使今天的喜宴辦得賓主盡歡。前奏曲緩緩滑過之後，連燦耀不著痕跡地提起鄧慶思。同時，專注地捕捉對方每一瞬間的表情變化。結果——連燦耀這種外行人，都可以感覺到顏啟俊的情緒已經提高到臨界點。

「你來找我，到底是什麼用意？」

「沒什麼，只是找你聊聊。」連燦耀已經有氣無力了。

「我會相信嗎？還有——你為什麼嘰嘰喳喳地老談那個姓鄧的呢？」顏啟俊狠狠地跺了一腳，發出悶重的聲響。

連燦耀利用時機，走到冰箱，把厚紙袋放在旁邊，以連自己都感到噁心的虛偽之聲，說：「你不要胡思亂想。鄧慶思是我們的老同事，發生了那種不幸的事，總是會為他難過。雖然他的為人有些無恥，但是人死了，一切也就成為過去。」

「一切會成為過去嗎？」顏啟俊似乎在捫心自問。

連燦耀不知道齊開疆在何處觀看，卻有著被一雙眼睛灼灼凝視的悚然感。窗外迷離幽暗，陽光不知被誰抽走。擱在一邊的檯燈，沒有了罩子，像顆準備被製成漢堡的洋蔥。他打開冰箱，拿出勇士力運動飲料，並且看見批號是Ｘ０６２０Ｄ。

顏啟俊應該沒有注意到自己的「海底撈月」。可是……。

「啊！這麼巧。」連燦耀驚呼一聲，方才齊開疆遞給他的「勇士力」，也是同樣的批號，怎麼會如此呢？

當連燦耀正處於苦思的時候，顏啟俊的雙眼如手電筒的光束般聚射過來。

不等顏啟俊開口，連燦耀期期艾艾地說：「口有點渴，自己拿飲料，希望別介意。」

「你不能喝那東西！」

「為什麼？」短短幾秒鐘的遲疑，連燦耀已經無法「掉包」，手裡拿著剛從冰箱取出來的「勇士力」，只能希望齊開疆趕快出現。

「不要打破沙鍋問到底，總之一句話，把那東西放回去。然後請你回去，當做今晚沒來過這裡。」

「鄧慶思是你毒死的吧？」連燦耀不知從哪裡冒出一股勇氣，大聲地質問。

「是又怎樣，不是又怎樣。反正那種下流卑鄙的貨色，活在世上是多餘的！」顏啟俊毫無愧色，咬牙切齒地回答。

彷彿要附議他的話似地，窗外驟然出現一道亮晶晶的閃電，然後響了幾陣詭異的雷聲。原本陰暗的小屋更加淒黑，顏啟俊過去扭亮了檯燈，微弱的燈光把他的面孔照出恐怖的陰影。

「我承認鄧慶思該死，那台青電子的總經理呢？只因為倒了你的錢，就把他的生命奪走？」

「那是因為……因為我要替眾人出一口氣。」顏啟俊的聲音漸漸疲倦，不知是否是心虛。

「還有那個無辜的祕書小姐呢？」

顏啟俊把頭低低垂下。

「替眾人出一口氣的方法很多，何苦出此下策呢？現代英雄是依據智慧思考，而講求理性行事，你呢？別說現代英雄，連古代的英雄都是講求光明磊落，縱然是決鬥也要說出時間、地點和原因，絕不偷襲，更甭提這種下毒的技倆，會引起眾怒的！」

「什麼樣的人就該接受什麼樣的懲罰，目前的社會就像混濁的一缸水，壞魚優游自在，好魚可就要肚子翻白……。」

連燦耀看出顏啟俊用強詞奪理來平衡心理，便說：「我們不要陳腔濫調，好嗎？我知道你心中有悔過的意思，但是為什麼要一而再，再而三的殺人。殺人能解決一切的問題嗎？請問，照你方才的說法，你要殺死多少人，才能讓目前社會的道德生態達到平衡。」

「我沒有……。」顏啟俊臉色發白，像得了瘧疾般地全身抖動。

「可是有人看見你毒死胡老闆，雖然警方還沒發現，可是早晚會東窗事發。」

「與其去投案自首，我不如自行了斷還來得乾脆。」顏啟俊冷不防地搶走連燦耀手中的「勇士力」運動飲料，迅速地扯掉拉環，正欲倒進喉嚨。

連燦耀沒料到他會來這一招，幸好急中生智，故作輕鬆地從紙袋中取出那罐齊開疆交給他的「勇士力」運動飲料，說：「你想自行了斷的話，應該喝這罐才對。」

顏啟俊傻住了。

窗外完全暗了下來，屋頂有急促雨滴敲打聲。

「既然我都知道了內情，怎麼會去碰你冰箱裡的東西，所以我使用了『偷天換日』之計。」連燦耀雖然嘴上這樣講，可是心中暗暗著急，唯恐顏啟俊會從溫度來判斷他的謊言。因為在他手中的那一罐勇士力是冰涼的，幸好懊惱中的人是不會注意到這種細節。

顏啟俊將手中的「勇士力」當成棒球，狠狠地丟過來，連燦耀閃身躲避，可是卻避不了撲過來的身體。體重並不可怕，可怕的是掐住脖子的力道。

連燦耀掙扎地說：「你不能殺我，我與你無冤無仇，何況齊經理是目擊者，他會去檢舉你的！」

「你胡說，他在哪裡？」顏啟俊似乎認定連燦耀在設計他，所以不予理會，繼續奮力將胯下的人推向死亡的深淵。

「我在這裡。」連燦耀在即將昏迷之前，聽到這個字，然後又是一聲悶哼。勒住喉嚨的手突然鬆開，連燦耀正想振作起來，卻感到雙手雙腳，甚至心臟的部位都變成了遇火的蠟塊。

「你……為什麼……我的眼睛瞎了……。」好不容易直起身子的連燦耀感到眼前一暗，停電還是……耳邊像是有群蜜蜂在飛，激響著一些無意義的聲音。烏漆抹黑之中，似乎有人在格鬥，有人慘叫，有人在……。

等到連燦耀弄清楚週遭的一切時，凌亂的屋內多了一具屍體——也是喝了含有氰化鉀的「勇士力」運動飲料，而死者就是……就是顏啟俊。

連燦耀醒過來時，回想剛才所作的夢，滿身大汗。仔細分析後，才猛然想到昨晚睡覺之前，大約十一、二點的時候。史正生三更半夜打手機給連燦耀，他驚慌失措的訴說：「顏啟俊死了！」

接下來是兩人的對談。

「甚麼？」

連燦耀猛然感覺到一陣強烈的不安，急急問道：「所以呢？」

「你記得昨天，我們不是在貴妃閣和齊經理討論有關鄧慶思命案嗎？」史正生連珠炮似的說著：「你走了之後，我聽從齊經理的建議，和他去找顏啟俊了。」

「你是被他設計了。現在你怎麼辦？報警吧！」

「反正人又不我殺的，我怕甚麼？齊經理說他會去報警，並且不會把我捲進去。我現在已經離開臺北，在高速公路上，半小時後就會回到家。」

當時，他們倆人和齊經理在貴妃閣討論顏啟俊，討論告一段落，連燦耀不想淌渾水，就自行先離開。但是史正生經不起齊經理的慫恿，兩人就連袂去顏啟俊的住處。

「你太傻了！」

「還好，我只是把風。齊經理進去和顏啟俊談，我不在現場。我的任務是聽從齊經理的指示，萬一有個風吹草動，我就衝進去。」

「後來呢？」

「我等沒多久，齊經理就匆匆忙忙跑出來。我問他怎麼一回事，他說顏啟俊自殺了。」

「你相信？」

「不然要怎樣，只能靜觀其變。不好意思，把你吵醒。我現在很冷靜，你聽聽就好，不要把他當作一回事。會沒事的，晚安。」

「好的，晚安。」

聽完史正生的陳述，連燦耀帶著不安的情緒入睡，然後在睡夢中依照史正生的描述，把自己當成齊經理，完完整整的經歷一次可怕的經驗。

第二天是星期六，不必上班。連燦耀挨到中午，認定不會影響史正生的睡眠，才打電話過去。出乎意料，史正生不但很快接了電話，語氣很平靜。連燦耀無法想像，史正生昨晚所說的面對顏啟俊痛苦的死亡，心靈的折磨等等感性的告白。經過一夜之過濾，一片清明，顯然完全恢復正常的生活。

他淡淡的表示他做夢也沒想過自己會陷落在只有電影才有情節。他企圖要忘記那一個恐怖的夜晚，就像齊經理在他耳邊，低低地說著：「你趕快離開這裡，假裝什麼都沒發生，這裡的一切由我擔當。」但是他最後還是承認，他就是無法忘記，顏啟俊的臉，尤其是那兩道濃眉，像手銬似地銬住了他的靈魂。

接下來的時間，連燦耀實在是沒什麼心情做其他事情，只專注上網看新聞，之後到圖書館翻閱了所有的報紙，還把電視新聞整天開放。讀遍了全部有關顏啟俊死亡的報導，也讀到報案人齊開疆的說詞，完全沒有提及第三者，更不要說史、正、生中的任何一個字。

他疑惑齊開疆為什麼要協助顏啟俊逃亡？關於那含有氰化鉀的勇士力運動飲料，齊開疆似乎掌握甚麼線索，顏啟俊真的誠如齊開疆所說的是自殺嗎？

午餐時候，連燦耀才發現手機一直都沒開。開機之後，才發現一大堆來電未接。其中有一則語音留言：「連燦耀先生嗎？我是你的小學同學張法忠，最近好嗎？嗯……也沒什麼事……嗯……再連絡吧！」連燦耀感覺很奇怪，實在想不起來誰是張法忠。可能是什麼詐騙集團打來的吧！不管它。

星期一，史正生正正常常的上班。他們的午夜電話好像不曾發生。

星期二之後，兩人很有默契的把那件事忘記了。

然後史正生不但對他和連燦耀之間，有關十五年前田半仙密室死亡的推理之約完全束之高閣，似乎也已經完全失去了對工作的熱忱。三番兩次的請假，不知道在忙些甚麼。從史太太口中得知，他三番兩次往臺中跑。同事們背後都認為他可能發了財，想要在臺中自立門戶，因此他所主持的計劃就慢慢地落後下來，同組的成員表面沒說什麼，心裡卻是既著急，又痛恨婚後的史正生見異思遷。只有連燦耀不以為然，但是史正生對他也是三緘其口。情急之下，連燦耀決定要和史正生打開天窗說亮話。既然公司談話不方便，他就親自登門造訪。

當連燦耀遠遠看見翠玉山莊，便開始緩了車速，最後停在門口登記處。行車過程，他一直懷疑好像有人跟蹤。想想自己也不是甚麼了不起的人物，誰要跟蹤呢？

靠近湖邊有個凹型的花園，他可以想像園丁用盡了所有的力氣，才栽植出那一大片美得宛如仙境的洋玉蘭。他記憶中只有株孤零零的洋玉蘭，給小巷灑下些許碎碎的陰影，他曾經在那裡開始了初戀，然後緊接就失戀了。初戀對象是誰，記不起來，反而出現了露丹的臉。

停妥車子，連燦耀辦好訪客手續，沿著種滿洋玉蘭的小路走過去。他邊走，邊撫摸著剝離鱗狀的樹皮。風懶懶地吹過來，他的衣袖動了動，可是那革質的厚葉卻依然繃著臉。羞澀的大白花朵，舉起杯形的蕊瓣，笑盈盈地倒過來一陣又一陣的濃香。

這一大片洋玉蘭的後頭，別有洞天地伸出一大片草皮，如果放上幾個色球，那就是一張很好的撞球檯，夠躲在奧林匹克山中的諸神現身，玩上半天。那一大片草皮密密地圍住一棟紅屋頂的白色西班牙小屋，那裡就是史正生的家。

迎面一列欄杆，除了或掛或放著一些波士頓厥、巴西鐵樹等盆栽外，其餘的空間都被剛愎的常春藤佔據了。再往前移動時，從屋頂上飛來一隻黑鳥，夾著又高又粗的叫聲。連燦耀以為牠要攻擊他，正想逃避時，牠在頭上約三公尺的地方旋飛回去，然後再旋飛過來。牠是在警告我嗎，連燦耀自己問自己。

「連先生，請進。」

史正生沒出來，新娘史太太熱情地招呼，站在客廳中央的連燦耀想像，史正生此刻必定是好整以暇地在臥室裡穿外衣外褲吧！

當史正生倦容十足地出現在兩人的面，史太太立刻告退，讓兩個男人方便談話。史正生顯然知道連燦耀的來意，卻故意遲遲不直接進入話題，不關痛癢地說他最近看了篇很有趣的科幻小說。

「依據生物學的理論，人類是由單細胞演化而來，但是在二十一世紀末，人類將又朝單細胞的型態演化。」

「為什麼呢？」

「因為那個時候的地球充斥著機器人、生化人或複製人，他們強大而準確的工作能力，雖然減卻了許多負擔，也造成人類的骨骼和肌肉的迅速萎縮。而空氣和水的大量被汙染，甚至天然食物大量減產，人類的呼吸和消化作用不得已地降低，甚至退化。因而連鎖反應地影響循環系統、排泄系統，以及生殖系統。加上垃圾占據了百分之九十以上的空間，所以人體就以『迷你』為佳。照達爾文的進化論而言，『迷你』最適合在擁擠的生態系統生存。」

連燦耀聽的入神，腦海中出現一絲絲聯想，還有顏啟俊扭曲的背影。

史正生繼續說：「唯一無法改變的是——亙古以來，人類想要征服宇宙的欲望，彼此的勾心鬥角和你爭我奪，甚至害怕被機器人或生化人搶走『萬物之靈』的地位，於是腦部組織愈來愈發達，終於什麼都不見，只剩一堆灰色的細胞。」

「什麼灰色的細胞？是不是小小的灰色的腦細胞？」史太太端出飲料。

史正生看連燦耀一臉錯愕，連忙解釋：「我太太說的是名偵探白羅，也就是推理女王阿嘉莎克麗絲蒂筆下的人物。」

其實史正生誤解了連燦耀。

連燦耀整個人僵直起來，雙眼瞪著擺在前面的兩罐勇士力運動飲料之後，嘆了一口氣，就說：「我實在很同情那個顏啟俊，只是對於你的敘說，我發現了一些矛盾之處，不知道可不可以再說一遍，或是說的清楚一點。」

「當然可以，因為我本身也感到有些疑點。但是事情都發生了，所以把它當做茶餘飯後的閒談，並沒有認真去追究。」史正生看起來意態闌珊。

「話不能這樣說，我們都是學理工的人，在為人方面可以隨緣，不要太斤斤計較，然而做事卻要標準化、規格化。我們把話題扯遠了，快快回來吧！」

史正生終於注意到連燦耀凝重的眼神，於是要求史太太把『令連燦耀感慨萬千』的勇士力撤走，換上另外品牌的果汁。

連燦耀說：「或許是偏見吧！我對『貴妃閣』的那位齊經理，沒什麼好感。你們怎麼會認識的？」

「不是你介紹的嗎？明知故問。」

「我不是那個意思。我是說他為什麼找你陪他去找顏啟俊。」

「這就是人和人之見的一種感覺，一見如故，也就是日本人所說的『奇檬子』。如果我們是一男一女，很可能一見鍾情。你懂嗎？相見恨晚。那一天，他感謝我的相挺，沒讓他們餐廳虧本。我說我是推理迷，就愛這種調調。他說他也很愛看推理小說，於是從松本清張談到臺灣的本土作家，其中勇士力運動飲料毒殺事件是最好的談話題材，不是嗎？」

連燦耀不以為然，又說：「再說一遍，或許是我的偏見吧！我對『貴妃閣』的那位齊經理，沒什麼好感。不提我和他談Business時的嘴臉，主要是他在利用你……。」

「利用？」

「難道你不覺得他是在利用你嗎？」

「我沒有那種感覺，我真的自願，能夠參與說服嫌疑犯出面說明動機，然後證明他是否犯罪，不是很酷嗎？不過最讓我心服口服，是他竟然能夠破解兇手用毒的手法，令我有點吃驚。」

「怎麼說？」

「他說得不是很清楚，只是個輪廓。我想他故意不說清楚，可能怕我以為他是兇手。」

「你認為他就是下毒的兇手？」

「不是。」

「何以見得？」

「他的右手中指的背面沒有黑斑。」

「如果他不是兇手，可能是凶器的製造者。」連燦耀依然不放棄他對齊開疆的偏見，為了加強他的可信度，還說出他的想法，關於如何製造封罐飲料的種種可能。可是不論多少的可能，最後都沒有完整和實際的結論。

「所以……。」連燦耀舉例說明了約十幾分鐘之後，又歸回原來的軌道，說：「如果你照他的話去做，喝下了那罐他為你準備的運動飲料，豈不是一命嗚呼？搞不好他的用意就是這樣，然後說是顏啟俊殺死你的。」

「他為什麼要殺死我？」

連燦耀認為史正生應該很清楚，可是對方似乎在裝迷糊。他懷疑他以前認識的那個史正生跑去哪裡了？不錯，他那個圓滾滾的鼻子感覺不再像以前那麼紅了。

連燦耀說：「借刀殺人呀！不然為什麼要邀你去找顏啟俊，而且最不可思議的是，齊經理救你的時候，突然停電，然後顏啟俊就服毒自盡。這不是很牽強的過程嗎？你不是又聽到顏啟俊的隻字片語嗎？雖然你認為是無意義的聲音，我卻有不同立場的看法。」

「請說出來做參考。」

「不是我吊你胃口，你所提供的資料並不完整。」

「算了吧！我實在是不想再提那件事情，沒意義。」

他抬頭看那些掛在陽台上的盆栽，背著光線，所以變成一團又一團的黑影，彷彿幼稚園的小孩在淺藍色的圖畫紙上，用黑色的簽字筆這裡、那裡地塗上圈圈。

「不，我覺得別有意義。他要你趕快離開現場，並且發誓不要對任何人提起，似乎另外有陰謀。」

「陰謀？沒那麼嚴重吧！我決定照他的話去做，不要再去管它，反正死的又不是你的什麼至親好友。沒必要更深入的去追究，更廣泛的去探討，我又不是閒閒的沒事做，我有家庭、我有工作。」

連燦耀感到眼前一暗，以為自己頭暈，連忙抓住椅子的扶手。坐定之後，才發現是盆栽被風吹動而造成的幻覺。史正生繼續說著，彷彿催眠曲，然而卻給連燦耀另一種飛翔的空間。

「你還記得我們在啤酒屋的談話嗎？」

「關於那件事，我鄭重向你道歉，我已經沒有興趣了。」

「不必解釋，我完全了解。」

連燦耀不想再鼓舞史正生的鬥志，他知道他完全退出了。但是，他有必要把他的結論告訴史正生，畢竟他們曾經攜手在田半仙的密室死亡之謎共同絞盡腦汁。

「我只是想說記得當時被幾個小鬼的橡皮圈打到，我突然有了短暫的靈感。後來，我回憶在我們少年的時代，沒有電動遊樂器，沒有模型火車，也沒有什麼無敵鐵金鋼。有的只是稻葉　成的蚱蜢、騎根拐杖當千里馬，還有……你還記得竹筷槍嗎？」

「記得。」史正生的雙眼發亮，將連燦耀的平板接過來。

「注視我畫出來的參考圖。不過，只有六支竹筷。依據田總的清單上是……我想三支黏著膠泥的竹筷是當支架，而其他的四支是支持小箭所用。當某個力量牽動時，小箭就從上面落下來。為了不讓箭頭被衣服擋住，因為力量太薄弱了，所以田半仙才會被脫得光溜溜。從另一個角度推想，目標的面積比較大，射中的機率自然也就大些。」

「啊！我知道為什麼會有九條散在各處的橡皮圈，因為某個力量把小箭射出之後，竹筷槍就瓦解了。」史正生雖然皺著眉頭，鼻頭卻愈發紅潤，抖著聲音問：「牽一髮的力量來自何方？」

連燦耀看到史正生的反應，不但滿意，而且得意地笑著說：「暫且不管，你看這清單上的物品，哪幾件很可疑？」

「象牙雕像是不是？」

「也許吧！還有呢？」

「天平。」

史太太不願去打擾兩個男人的談話，靜靜地啜飲著果汁，同時翻著放在小桌上的畫報。翻到一頁美女特寫時，就住手觀賞，彷彿在觀賞鏡中的自己。

「不錯，既然是裝飾用天平，為什麼一邊有托盤，另一邊沒有？最令我想不透，托盤上為什麼會有玻璃珠？我想……所謂沒有托盤，也就是說……你能不能說明，沒有托盤的那支桿，到底是什麼形狀？」

「就是簡單的四倘爪子，托盤放在上面很穩。」史正生突然拍了一下雙手，說：「我懂你的意思。有個力量加在天平的一端，另一端就翹起來，翹起來的爪子勾動竹筷的扳機，小箭就射出去。不過……。」

「不過，天平為何會無緣無故地翹起來呢？」連燦耀自信滿滿地說：「因為玻璃珠從半空中落在托盤上，所以另一端自然翹起。那麼，請問你，玻璃珠為何會無緣無故地落在托盤上呢？」

史正生傻住了，他的雙眼閃爍著無人理解的恐懼。

連燦耀取笑地說：「大偵探，你所說的第一件可疑物品，不是那個邪惡象徵的雕像嗎？或許它真的放射出某種超物理現象的力量，使玻璃珠落在托盤上。」

「少來。如果真是這樣，它大可直接發射小箭，無須如此迂迴，是嗎？」

「我們也不能不信邪。或許曹星發的用意就是要借助那種神祕的超物理現象，也說不定。但是，身為文明的我們，是不是應該比較偏重邏輯。」

史太太放下果汁，把美女翻過去，赫然又出現另外一個美女。這個美女非常的妖豔，卻似乎不討她的歡喜，所以立刻又被翻過去，只在連燦耀的心中留下幾弧曲線。

「拜託，阿耀。不要得意忘形。」

「另一件可疑的物品，我認為是瓷罐上的乳酸菌布丁，既然食用期限已過，為什麼要擺在那裡？一般人購買食品，如果離食用期限兩、三天就不想買，或是丟棄。另外，請你說明瓷罐的高度，以及布丁是放在中央，還是邊緣？」

「嗯！我記得是靠在天平旁邊，也就是托盤那邊。我有個想法，不知道對不對？」

「請說。」連燦耀知道他大概要說些什麼，所以當史正生說出，玻璃是放在尚未開封的乳酸菌布丁上面，就問反問：「兇手如此的布置，到底用意何在？」

「這個嘛……。」

「我知道這個超過你的判斷能力，所以加上一點非常重要的提示，乳酸菌會產生氣體。」

「我有概念了！雖然模糊不清，畢竟有個形影。」

「布丁含有活的乳酸菌，超過食用期限則表示乳酸菌含量過多。多量的乳酸菌會產生大量的氣體，把原本封密成平面的紙蓋凸成鼓鼓的。假如原本上面放粒玻璃珠的話，就會滾下來，然後落在下面的托盤上，天平就翹起來，然後就像剛才你說的，翹起來的爪子勾動竹筷的扳機，餵毒的小箭就射出去。」

史正生若有所思地聽著好朋友興高采烈地說下去，此時此刻，暮色濃濃地從窗外樹木的枝葉滴下來，彷彿要替連燦耀的講話伴奏似地、別有陰謀地譜出一首歌的旋律。連燦耀不知道史正生正在無聲地唱著，雪在燒、雪在燒。他更不知道他看似沉默的好友，他的心靈深處已經作了某種決定。

第十五章

勇士力飲料公司位於高速公路旁，但沒有接近交流道，所以車隊要開一小段路，再經過一座橫跨高速公路的天橋，才能到達交流道。也就是說，如果從勇士力飲料公司大門出發，要進入高速公路，不塞車的話，至少要五分鐘的車程。

小張進入勇士力公司的廠房時，就有祕書小姐帶領接待人員站在門口恭迎。小張感覺到他們似乎太過火了些，也許是特殊的企業文化，或是自己的特殊身分。

沒多久，曹星發出現了。熱情燦爛的笑容，還有堅毅有力的握手使小張彷彿自己是個非常非常重要的人。這時候，他才想起馬組長說過的話。

小張記得在看錄影帶，總覺得曹星發很面熟。如今再相見，才恍然大悟。原來他長得很像已故港星張國榮，尤其是在一群人的簇擁之下，站在鎂光燈閃個不停的螢光幕前。如今近看，微黑緊緻的皮膚，卻有刮不乾淨的鬍鬚渣子，潔白發亮的牙齒在勉強的笑容中顯露，只有眼神還是充滿自信和企圖心。或許小張也是個帥哥吧，心中一番較量後，曹星發被他評比為，是個邪裡邪氣的美男子。

「我在三天前參加貴公司召開的記者會。」小張故意說謊。

「哦！我想起來了。你好像坐在靠邊的角落，很悠閒的樣子，很有氣質美型男的味道。當時我就很注意你，還想找你談，可不可以當我們下一波產品的代言人。我的臉，大家都看膩了。總是想找一張新面孔，你非常合適，正想交代我們的公關去和你洽談，沒想到一轉眼你就不見了。」

看來這位曹星發不僅口才好，做事長袖善舞，做人八面玲瓏，還會睜眼說瞎話。小張不把他的外交辭令放在心上，自顧自的發問。

「你們公司創立有多久？」

「勇士力是老字號公司，民國四十二年創立，到現在已經超過半個世紀。剛開始是以製造彈珠汽水，你應該有點概念吧！現在已經被列為民俗傳統飲料。後來，某大飲料公司推出類似現在喝的汽水之後，勇士力就有些沒落。所幸趕緊推出果汁飲料，才能在市場上佔一席之地。」

「勇士力運動飲料是最近才崛起的吧？」

「其實臺灣的流行文化大部分都是跟著歐美或日本走，運動飲料純粹是東洋的玩意兒，本來是屬於健康食品之類，由日本某大藥廠研發出來。那個大藥廠以五百毫升的點滴為主要產品，市場逐漸被瓜分之後，他們就打出『喝的點滴』的廣告，強調礦物質對人體的重要性，結果一炮而紅，為了和『藥品』明確區分，就訂名為運動飲料，以補充電解質為賣點。」講到一個段落，曹星發露齒一笑，說：「我們就到我的辦公室談，如何？」

小張點頭同意，便隨著曹星發走入他的辦公室。

依據小張的想法，曹星發的辦公室理應堆滿了公文和報表，架上放著廠中生產的半成品和成品。但是事實不然，取而代之的是各類的古董和雕塑。牆壁上除了幾張象徵性的產量曲線圖和廠房設備的照片外，多數是色彩濃烈，令小張這種美術門外漢看了不知所云的畫。

曹星發發現小張注視著他的藝術收藏品，便笑著說：「怎麼樣？」

小張坦誠自己完全是外行，問道：「畫家為什麼把人畫成一堆亂七八糟的線條呢？」

「你認為呢？」

「我想在畫家的眼中，人就像是鬼。」

「一點都沒錯。」曹星發說：「我問過不同的人，得到不同的答案。但是有個共同點，人都已經不再是人了。誠如德國藝術家波依斯所言，藝術應該是一種重新塑造整個社會和人性的雕塑。在這種觀點之下，臺灣的藝術家也開始去思考，重新去雕塑不同於傳統的人性和社會價值觀……。」

小張一面聽，一面看著窗外的工廠設備，並且發現很多印著勇士力運動飲料標誌的大卡車，正緩緩出發。

善解人意的曹星發又注意到小張轉移注意力，便見風轉舵地說：「那就是我們的勇士力車隊，很不錯吧！日本流通經濟研究所齋藤忠志博士曾說，製造和消費之間，存在了時間和空間的差距，而串聯其間的人、組織和活動也成了不可欠缺的環結。我敢說，我們的物流規劃和能力在臺灣食品界是首屈一指。」

「曹協理在貴公司服務幾年？」

「五年又三個月。」

「這麼短的時間就當上協理，很不簡單。」

「我在基層幹了五年多，最近才升上來的。」

「從課長直接跳上協理，一定有什麼偉大的功蹟。」

「還不是為了那一連串的毒殺事件嘛！」曹星發解釋道：「高雄台青電子公司的總經理和女祕書被誤導是喝了本公司的產品，才發生暴斃的事件。我們都很緊張，因為事件發生之前，我們真的接到一通很奇怪的電話。於是警方就認定是我們公司的產品出了問題。由於我們有完整的品質保證和不良品鑑定追溯系統，所以能夠拍胸脯保證那不是我們製造出來的產品。但是說明部分總是缺少直接的證據。我們品管經理是個書生型的研究技術人員，公司便派我出馬。我建議化驗有毒飲料的成分，結果和原配料不合，表示兇手偷出我們的外罐，自行充填封罐，然後流放出去。但是，我也舉出不可能的因素，這些資料，我想你可以去調閱看看。」關於曹星發的說詞，小張老早就知道，但是依然耐著性子聽下去。

「替公司挽回良好的形象，真的是偉大的功蹟。」

「還好啦！」

「聽說貴公司付九百萬元給離職的齊開疆經理、也就是當時的齊開庸，真的有這種事嗎？」

「有的！齊開疆經理是個奇才，勇士力運動飲料是他一手研發的配方，因此替公司賺了不少利潤。他到貴妃閣擔任要職，是他個人的生涯規劃，至於公司給他的九百萬，只是付給他的酬勞，並不是無緣無故，平白送給他。董事會上的財務報表記載的很清楚。」

曹星發的說法過於專業，小張不是很能夠進入狀況。就要求地說：「曹協理，如果不會太耽誤你寶貴的時間，可不可以帶領我去參觀一下工廠。」

「當然可以，當然可以。」曹星發立刻吩咐他的祕書替小張準備參觀服，然後對小張說：「我們就從研發室開始吧！就是走廊盡頭的那一間。」

從玻璃窗看去，裡面約有五、六個年輕人，有的坐在電腦前，有的低頭看書、寫報告，有的則拿著試管，對著燈光搖來搖去，不知在觀察什麼。

「他們都是國內外著名大學食品科系畢業的高材生。其中兩位是博士。他們除了研究改進現有產品的品質之外，也會收集世界各地，有關飲料的資訊，加以分析並且試製成合乎國人胃口的產品。」走過研發室後，曹星發指著另一間實驗室，說：「那就是試製室。」

小張探頭一望，裡面看不見人，只有些精巧的不銹鋼槽和彎來彎去的輸送管。

「從研發室發展出來的飲料處方，不一定適合實際上的製程，所以必須經過試製，更正一些流程。當試製出來的產品經過生產工程師及品管工程師認可之後，我們還會送去市場部去做評估。等到總經理看過所有的數據，滿意之後，我們就把所有的製造程序標準化，然後民眾就可以在媒體上看見廣告，並且享受新口味的產品。」

兩人一前一後地走了一段樓梯，進入一間類似太空艙的房間。小張在進入房間之前，就看見掛在門上的牌子——調配室。裡面有個胖胖的中年男人，看見曹星發，就含笑點頭致意。然後專心地敲打鍵盤，電腦螢幕上出現一列又一列長長的數字，還有各種原料的名稱。曹星發指著玻璃窗外的巨型不銹鋼槽，說：「那裡就是生產部。不同的不銹鋼槽有不同的原料，經過輸送管到各種不同的飲料區，然後以全自動機器封罐，包裝和置入倉庫。」

小張一面聽，一面推想如果產品出了問題，應該是會在什麼環節呢？

「我們再到品管部看看吧！」

當兩人走到掛著「生產管制」牌子的辦公室前時，有個人走出來，曹星發很親熱地拉住他，替小張介紹。

「他叫阿政，勇士力車隊的大隊長。」

阿政很瘦，比曹星發和小張都高。一身白衣，還帶著手套，大約五十歲左右，眼神很銳利。以小張的判斷，對方一定是混過的。他那張玄青的臉，兩邊像用削過的頰，在下巴做個尖尖的叉點。講起話來，呼氣的時候就凸出來，吸氣則凹下去，非常之有規律。他不理會小張，自顧自地把曹星發拉到一邊，臉頰正凹凸凹凸地細聲說話。講完，他轉回辦公室。

曹星發皺著眉頭，轉身過來，用抱歉的口吻說：「張警官，我們該看的也都看過了。如果您還有問題的話，我們可以邊走邊談。說句老實話，公司高層有急事找我。」

「既然如此，那我就不打擾了。」

曹星發親自送小張至門口，不停地點頭致歉。

午後，下了一陣驟雨。雖然減弱了驕陽的威力，但是猛然上升的溼熱，使人感覺彷彿被關在蒸籠裡頭。

「組長！」

馬組長抬頭一看，小張站在前面，臉色蒼白，眉頭幾乎扭成一團。

「外面有個自稱史正生太太的女士想要和你談談。」

「談什麼？」

「她的先生和一位名叫做連燦耀的朋友，失蹤三天，她認為和貴妃閣命案有關。」

「連燦耀，那不就是你的老朋友嗎？」小張輕輕點一下頭，於是馬組長不再多言，揮揮手，說：「那就請她進來談談，沒事的話，最好你也在場。」

隨在小張後面是個細皮白肉的年輕女人，看起來很有知識份子的自負。只是，不知道為了什麼，兩眼浮著黑眼圈，所以看起來精神有些萎靡。馬組長注意到她那個有些圓的肚子，直覺是「懷孕」。但是、不敢確定。

「請你說明來意。」

史太太一開口就被自己的口水嗆到，不斷咳嗽，再下去的談話簡直沒有一句是完整的。於是由馬張兩人以引導的方式展開問答。

「妳說妳先生姓史名正生，在瑞毅生物科技公司服務，連燦耀是和他同一組的技術人員，很優秀也很認真。兩個人是麻吉，共同點是好奇心重了一點，而且滿腦子正義感和理想主義。他們有個共同認識的朋友，也就是柏青公司的總經理田安鑫。他和他的女祕書被毒死。順便一提，那位女祕書就是連燦耀的女朋友，不過已經分手了。田安鑫曾經和連燦耀討論他父親死亡的疑點，連燦耀就來找妳先生討論。」

史太太點頭之後，馬組長看了小張一眼，小張立刻解釋，說：「就是十五年前，轟動全臺的田半仙命案，至今還是一宗懸案。」

「我知道那件命案，我有參與。史太太，妳繼續說。」

史太太回答：「他們破解了兇手不在場證明的詭計。」

馬組長再次看了小張一眼，小張立刻點頭，說：「他們的推理合情合理，我已經記錄下來，同時通知檔案組的同仁，調閱當年命案的資料。如果合乎程序，可以通知檢察官重新開案。」

「對不起，一直打斷你的談話。」

史太太的聲音恢復正常，思緒也開始清晰：「沒關係。他們認為毒害田安鑫和他女祕書的兇手就是曹星發。可是，大家都知道曹星發當時根本沒有出現在柏青公司的雙屍命案現場。所以，應該是是請幫手替他行兇。」

這次換小張看了馬組長一眼，後者不理前者。於是他在記事本上寫下幫兇兩個字，然後按照史太太的說詞迅速記錄。

「最近發生一個名字叫做鄧慶思的男人被人毒斃，然後被割去性器官的事件。那個男人是連燦耀以前在藥廠工作的上司。顏啟俊也是他在藥廠工作的同事，他的妹妹被鄧慶思欺負了。所以，我先生就對我發表了很多他個人的感想。」史太太抱怨的說：「我本來以為是他們枯燥的實驗室工作中的一種調劑，沒有多做他想。早知道，唉！真是應驗了那句諺語，千金難買早知道。」

馬組長和小張都很清楚，有關鄧慶思的死亡原因尚未釐清。媒體報導命案現場發現一罐和台青雙屍命案一樣批號的勇士力飲料，所以民眾都認為鄧慶思是被毒死的。

「後來，連燦耀在某次出差的途中，遇見了以前的同事顏啟俊，因為聽說他在貴妃閣當主廚，我們恰好要結婚辦喜宴，就委託連燦耀去和他說，看價錢能不能低一點，菜色好一點。就在連燦耀去貴妃閣的那一天，胡老闆剛好出事。他在混亂中，和一位姓齊的經理聊了很多，關於他對命案的看法。後來，在我結婚喜宴上，那位齊經理約我先生去找顏啟俊。」

馬張兩人心知肚明，齊經理就是齊開疆，就是胡老闆命案之目擊者之一，甚至還有殺害顏啟俊的嫌疑。只是罪證不齊，所以僅僅被當成兩案的重要參考人。

「在你們的結婚喜宴之後？」

「並不是正式的結婚喜宴，是補辦的，所以我還能忍受。」

「他有跟你說他要去找顏啟俊嗎？」

「沒有，他只是說他要和齊經理討論一些事情。我有大約問一下，他說齊經理曾經是勇士力飲料公司的研發大將，他想要多認識他一點。」

「他想要多認識他一點？妳不覺得很奇怪嗎？」

「我當然覺得很奇怪，萍水相逢的兩個男人。可是，我先生的解釋是說，別看那位齊經理只是個餐廳的經理，其實是大有來頭，他曾經是研發出勇士力飲料配方的大功臣。我知道我先生很喜歡幫公司挖掘人才，連燦耀就是他挖角過來的，所以我就不疑有他。」

「後來呢？」

「後來，我自己有些事情要處理，就搭朋友的車先回新竹。」史太太很詳細地將她先生告訴她的話，完完全全地告訴馬組長和小張聽。

「我先生問我該怎麼辦，我一時糊塗，居然沒有鼓勵他報案。當時，我以為他們像讀推理小說，只做書面分析，沒想到他們會付諸行動。隔天，我先生笑著說已經整理出一些頭緒，只差求證。我還諷刺他推理小說讀多了。」

小張心裡想，眼前這位史太太應該也是個推理小說迷吧！言談之間，先前擔心丈夫失蹤的慌亂逐漸消失，取而代之是參與辦案的興奮心情。

「後來，我聽說連燦耀第二天請假沒去上班。第三天沒請假，但是繼續沒有去上班。然後，接著我先生昨晚沒回家，手機又打不通。我覺得不對勁，立刻報案。有位王姓女警跟我說你們單位是負責鄧慶思命案的偵查小組，所以就指示我過來直接向你們報告案情。」

「為什麼妳有把握他們的失蹤和勇士力運動飲料命案有關？」

「我講了那麼多，為什麼你們還不瞭解？」史太太不悅地說：「我聽說台青電子公司總經理和女祕書命案被草率結案，貴妃閣胡老闆被認為自殺，連顏啟俊也被視同畏罪而自我了斷。只有你們單位能夠努力地在案情中分析追查，而成為所有命案的專案小組，所以我才答應來找你們的呀！我不是單純的報案，而是協助你們釐清疑點，早日破案。你懂嗎？何況我更擔心，他們兩個人知道太多，會被滅口。」

「什麼？」

「也許你會認為我是事後諸葛，我認為連燦耀失蹤後，我先生可能為了去找他，然後惹禍上身。我今天來貴單位之前，假裝有事打電話找齊經理，結果貴妃閣的總機告訴我，齊經理在三天前就沒來上班。這意味著什麼呢？警察大人。」

馬組長正要吩咐小張如何行動時，女王進來，手中拿一份傳真，看到馬組長，說：「高雄郭組長傳過來的。」

馬組長看了之後，臉色大變。清清嗓子，壓低聲音對小張說：「你的預感靈驗了，連燦耀的屍體被發現在高雄的都會公園，死因是氰化鉀中毒，旁邊放著勇士力運動飲料，批號為X0620D。」

小張宛如被雷公擊中似地，坐在那裡一動也不動，看著傳真上面，那張連燦耀的面部特寫，心靈深處越來越多詭異的情緒。

「小張，你立刻到高雄，協助他們辦理。另外，全面通緝齊開疆。」

滿臉狐疑的史太太無助地看著馬組長。女王見狀，立刻走過來，善解人意地拍拍史太太的肩膀，說：「不是妳先生。」

「連燦耀嗎？」

「是！」

「天哪！」史太太撫著胸口，以哀號的聲調說：「連燦耀，那麼好的一個人，怎麼會這樣。」

女王善解人意地拍拍史太太的肩膀，又說：「相信我，我們一定會找到妳的先生，也會將殺害連燦耀的兇手繩之以法。」

第五個命案，第六條人命，而且是一條純潔無辜的生命。雖然身為執法人員，不能預設立場。但是馬組長禁不住地對老天爺提出抗議：正義感和追求真相有錯嗎？真的是老天瞎了眼。

第十六章

臺北的天空已略有秋意，但是高雄卻依然熾熱，到處都是油油亮亮的。街上的每個人，輪廓都被溶化了，只有影子尖銳鮮明。

小張進入高雄市政府警察局裡，郭組長便笑盈盈地走過來。兩人握手寒暄之後，立刻切入主題。由於這幾件命案的死因完全一樣，所以被視為是同一個兇手或犯罪團體所為。小張看完了相關的資料後，拿起桌上的茶杯，喝了一口茶。

「休息一下吧！」郭組長說：「聽說你們已經掌握毒殺連燦耀的兇手。」

小張將史正生太太的說詞一五一十地向郭組長報告。

「事情有輕重緩急，我們先來討論連燦耀命案中，關係人齊開疆的背景資料。」

「齊開疆，四十七歲，臺中自強專科學校食品科畢業，已婚，育有三子，多年來皆從事餐飲業，喜歡賭博，常常有金錢上的煩惱，並有不良前科。本名齊開庸，因為調配勇士力運動飲料受高層重用，但是理念不合，公司以高達九百萬元資遣他。他出國遊玩一段時間，回國到貴妃閣工作。有關他作了微整形，他的解釋是重新做人。不過，這不是重點。三個月前，曾經有意開創飲料公司，主產品是類似勇士力運動飲料，只因胡老闆臨時抽腿，所以可能是毒殺胡老闆的主要動機。是否涉嫌台青雙屍命案、鄧慶思的案子有關，則不得而知。不論如何，他是製造含毒勇士力運動飲料的頭號嫌疑犯。」

「馬組長來的資料，齊開疆的太太表示，她的先生在四天前的晚上，接到一通來自高雄的電話。事後，顯得非常興奮，對她說他找到金主。隔天，他就興沖沖地開著車走了。因為齊太太對於齊開疆在外面所做所為，並不很關心。常常聽到他說又有一條財路，或是這下可大撈一筆，因此不以為意。依據齊太太的形容，齊開疆當天的穿著是紫紅色運動衫，白色長褲，咖啡色皮面休閒鞋。另外，除了內衣褲，她還替他準備正式的襯衫、領帶和西裝。還有，他開的車是墨綠色豐田。」

「有沒有關於他的消息？」

「目前還沒有。不過，至少知道他住的地方，三天前的黃昏，他住進月光大飯店。據服務生表示，他進入房間後，停留約半小時，然後到櫃檯寄放房間鑰匙。同時拿了一份高雄市內地圖，並且問到往都會公園的道路。然後一去就沒再回來，行李還留在飯店的房間裡面。」

三天前的黃昏應該是十月六日下午四到六點吧！如果以目前天色暗的晚，到七點也有可能。

「連燦耀的遺體狀況如何？」

郭組長從電腦秀出幾張照片，小張不禁搖頭嘆息。

「很慘，如果不是身上有證件，腐爛的幾乎認不出來。」郭組長又說：「屍體被丟棄在公園的角落，那裡是囤放廢棄物的所在地，照理應該早一點發現。但是這幾天正在鬧垃圾風波，大批垃圾越積越多，直到今天早上，清潔大隊清理垃圾時才發現。法醫判斷死亡時間超過二天，三天也有可能，因為天氣太熱，加上大量垃圾的影響，所以很難有確定時間。除了法醫和我之外，每個看過屍體的人，當場都吐了。」

「屍體旁邊有勇士力運動飲料的罐子？」小張指著其中一張照片。

「因為前幾宗命案鬧的很大，所以清潔隊員發現屍體旁邊有勇士力運動飲料的罐子，立刻聯想在一起，並沒有拿走。經過化驗，殘留飲料的確有氰化鉀。」郭組長將一只塑膠袋打開，有皮夾子、梳子、服務證、五張名片……等。

小張看了看，沒有什麼特別的發現。但是眼光被其中一張名片牢牢吸住——賴廣政，勇士力飲料公司車輛組組長。他不是被曹星發廠長介紹為勇士力車隊大隊長的阿政嗎？小張不由得想起到勇士力飲料公司參觀，阿政和曹星發講悄悄話的一幕。

「郭組長，我覺得這張名片很可疑。」

「為什麼？」

「首先我們來研究這五張名片——除了賴廣政的之外，不是儀器商的推銷員，要不然就是博士或研究員。連燦耀本身是個生化學家，有這些人的名片並不希罕。夾著一張車輛組組長的名片有些奇怪，上面還畫了一個類似星星的圖案。」

「小張，你未免太武斷了吧！」

「郭組長，你就耐心聽我說下去。我承認每個人都會交些三教九流的朋友，何況交換個名片，並不代表什麼深厚的交情。可是……這個人是在勇士力飲料公司工作，而且和我見過一次面，是個像流氓的人。另外，以我們一般人的習慣，名片收集到某個數量，就會用名片夾或是綑起來，另外找地方放起來。這五張名片，必定是連燦耀死亡當天或前一天所收集的，很可能是當天，因為這麼熱的天氣，幾乎每天都要換衣服。」

郭組長露出讚賞的神情。

「還有一個很重要的原因，我們認為台青雙屍命案的兇手就是曹星發，因為他有強烈動機。可是，大家都知道曹星發當時根本沒有出現在命案現場。所以，應該是是請幫手替他行兇。依據我的調查，最大可能就是阿政，勇士力飲料運輸部門的頭頭。根據調查資料，他本名叫做賴廣政，和曹星發都是孤兒，而且是同一個孤兒院的。十年前因故殺人入獄，經過曹星發奔走，保釋出獄。表面上看來是洗心革面、重新作人，在勇士力飲料公司安安份份工作。實際上，是不是當曹星發的走狗就不得而知。」

郭組長收起讚賞的神情，有點不以為然。

「我見過他們兩個人，雖然有點不科學。但是我相信自己的直覺，他們兩人鐵定有問題。所以，讓我們做個實驗吧！」

郭組長看著小張取出名片，拿起話筒，撥下第一個電話號碼。

「請問是高科儀器公司嗎？我找顧天華先生，你就是……好極了。請問你認識連燦耀先生嗎？認識……哦……我是他公司的人事處，想確認他的出差行程。嗯，是的！三天前的上午，他到你服務的公司討論乳酸菌發酵生化分析儀的功能，了解。那請問確實的時間是……好，謝謝。」

掛上電話，小張又撥第二個電話。

「請問是中亞工業研究院，請轉生理化學組李雅君博士……。李雅君博士嗎？妳好，妳好。我想請問一下，妳認識連燦耀先生嗎？剛認識，不很熟，沒關係……。我是他公司的人事處，只是想確認他的出差行程。三天前的早上，他到妳的研究室。是的，請問確實的時間是……謝謝。原來是討論乳酸菌發酵係數和時間的管控，哦！原來如此，沒什麼，只是問問而已，沒有其他的目的，謝謝！」

接連兩個電話都是相同的情形，都是討論乳酸菌發酵的相關議題。不過，其中一位還提供了蠻有力的資料，他是睿智儀器公司的張姓工程師，在三天前的下午一點多，在中亞工業研究院的大花園遇見連燦耀。依據小張的認為，連燦耀拜訪最後一名客戶之後，碰到那位工程師。兩人聊了一些近況，因為他換了新的工作，所以留下新的名片。連燦耀和他到超商吃了午餐，然後搭他的便車。連燦耀表示和勇士力飲料公司的曹星發協理有約，那位工程師就送他到北一路的亞洲之星大樓前，然後就分手。

依照來電的內容，一共四張名片有登錄時間。依照順序，小張便掌握了連燦耀三天前的行蹤。

十月六號上午九點半，臺中工業區北三路高科儀器公司顧天華先生。

十月六號上午十點半，臺中工業區北二路中亞工業研究院生理化學組李雅君博士。

十月六號上午十一點半，臺中工業區北一路露亞酵素企業三井先生。

十月六號下午一點左右，臺中工業區北一路中亞工業研究院的大花園遇見睿智儀器公司的張姓工程師。

「最後一通電話！也是我認為關鍵所在的電話。」小張露出嚴肅的表情，揚了揚手中的最後一張名片，對郭組長說：「你在分機聽，同時錄下我和對方的全部通話。」

郭組長做了個ＯＫ的手勢。

由於勇士力飲料公司的電話系統具有自動轉機功能，所以一下子就和賴廣政連絡上，他那帶有濃重臺灣腔的特殊鼻音，使小張一下子就認出來，不過他還是假裝不知道。

「請接賴廣政先生。」

「你是誰？」

「我姓張，請問賴廣政先生在嗎？」

「你找他幹什麼？」

「你是賴廣政先生本人吧！請問你最近有沒有和一位名叫連燦耀的年輕人見過面？」

一陣沉默，顯然在思考。

「沒關係，如果你想起來的話，就打以下這個電話，請務必要記下來。」

「等一下，張先生。我一時想不起來，因為業務關係，所以認識很多人……說不定見過，可是實在想不起來。」

「慢慢來，你先記下我的電話吧！」小張留下郭組長給他的電話號碼。

「謝謝。」對方的口氣變得客氣和不安，問道：「你和連燦耀先生是什麼關係？」

「沒什麼關係，算是認識的人吧！總之，這不是很重要。」

「那你為什麼打聽我是不是最近和他見過面？」

「他的屍體被發現在高雄都會公園，所以要到處打聽。」

「你是警察還是記者？」

「警察。」

「那你怎麼知道我和他認識？」

「我們有可靠的消息來源，可以先回答我的問題嗎？」

「我怎麼知道你是真警察，還是假警察？」

「好吧！我也不勉強你，等到你想說再和我們聯絡。」

郭組長也放下話筒，說：「依據我的經驗和訓練，這個人的聲音雖然沉穩，但是還是透露出緊張、疑惑和恐懼的情緒，真的很可疑。我相信你的直覺，因為我的直覺告訴我這個人有問題。不過，我們也不要太先入為主，一切照證據和程序來。」

兩人在研究案情時，小張剛才給賴廣政號碼的那隻電話響起來，小張要去接時，郭組長連忙說暫時不要，讓總機去接。留言錄音響起來，可是沒人說話就掛斷。

「一定是他打來的！想確認是不是警察局。」

「為什麼不接呢？」

「這是很重要的線索，我們必須要有萬全的準備，否則露出破綻，豈不前功盡棄。我認為把這個發現告訴老馬，他人手和資源比較齊全，採取行動的話也比較方便。」

郭組長打電話給馬組長的時候，小張一面看著連燦耀的遺照和遺物，並且依據名片上所記錄的時間，報告他死亡前的行程。

連燦耀會忽然南下臺中，到底是甚麼用意？如果誠如史太太所言，為什麼不直接去找曹星發，還迂迴地繞了那麼多地方。他拜訪那麼多人，必有用意。還有，他的遺體怎麼會在高雄出現，他是在那裡遇害呢？還有……小張還在思考時，郭組長向他招手。

小張走過來接電話，耳邊立刻響起馬組長的聲音。他說：「小張嗎？調查報告，亞洲之星大樓前的管理員表示，三天前午後將近兩點，有個年輕人因為外面下著小雨，就在騎樓下躲雨。依據他的形容，那個年輕人是連燦耀沒錯，後來有輛吉普車將他載走。」

「車款和車號呢？」

「二千四百C. C.、二〇一二年式的灰色鈴木吉星，沒注意到車號。如果有必要的話，可以調閱錄影帶。詳細的內容剛才和老郭談過，你們再討論討論，有什麼想法或發現，快一點和我連絡。」

「是。」

「對了，連燦耀是自己開車去臺中，他的車子還停在亞洲之星大樓的地下停車場。」

小張也把方才產生的疑惑告訴馬組長。

「連燦耀會忽然南下臺中，自然是去找曹星發，目的何在，還沒有定論。史太太的說詞值得採納。至於你說他迂迴地繞了那麼多地方，他拜訪那麼多人，一定有他的用意。你再和他們多聊一些，看看能不能打聽出連燦耀拜訪他們的真正目的。至於他的遺體怎麼會在高雄出現，他到底是在高雄還是臺中，或其他地方遇害？我相信我們可以找出答案。」

馬組長繼續說，小張仔細地聽。

「既然賴廣政開車當司機，和連燦耀是初見面，交換名片是免不了。至於曹星發，是老朋友的交情就省去這番客套。不過話說回來，多年老朋友沒見面，應該還是會交換一下名片。」

「你這樣說，好像曹星發也在車裡面？」

「隨便猜猜，沒有依據。」

馬組長和小張通完話後，放下話筒之後，立刻撥電話給勇士力飲料公司協理曹星發，表明身分之後，就開門見山地問：「三天前，就是十月六日，大約午後一、兩點左右，你有沒有和連燦耀先生見面？」

「喔！」

馬組長準備好威脅利誘，等待對方的拒答和狡辯，沒想到……

「有！詳細時間是兩點十分。」曹星發的聲音平靜而順暢：「連燦耀是我的老朋友，多年不見。他表示想瞭解關於那幾件毒殺事件的經過，又說他知道一些內幕。我不知道他的目的，於是我反客為主的主動邀他見面。」

「你主動邀他？」

「換句話說，他暗示想要和我見面談。我覺得並無不妥，就依照他的方便，建議見面地點和時間則是我的意思。因為剛好我有事到附近，就約在北一路的亞洲之星大樓前面，由本公司車輛組組長賴廣政開車。」

「你們談了些甚麼？」

「我們先談了一些以前的事情，畢竟是多年不見的朋友。後來進入主題，他認為那些有毒的飲料是由本公司流出去，我認為不是，結果弄的不歡而散。在中野路附近，他表示要下車。為了保持風度和老朋友的情誼，我堅持要送他回去，他就是不領情，我只好照辦。」

「你不覺得很奇怪嗎？」

「有甚麼奇怪嗎？」

「你不會覺得他想勒索貴公司嗎？」

「從頭到尾都沒有你所說的跡象。」

「你們分開後，連燦耀有沒有再和你聯絡？」

「沒有！」

「你知道他會去哪裡嗎？」

「不知道！」

對話過程，馬組長除了把認為有疑點的地方用筆記下來之外，也相當佩服曹星發的冷靜應對，不說一句廢話。他應該知道更多，而做了更多不可告人的事情。

「史正生是不是和連燦耀一起？」

「沒有。」

「你有沒有和史正生見面或聯絡？」

「沒有。」

「你知道他人在哪裡嗎？」

「抱歉，我不知道。」

馬組長決定掛上電話之前孤注一擲，問道：「除了有毒的勇士力運動飲料之外，你們有沒有談到其他的事情？」

「譬如說……？」

「譬如說有關你在十五年前涉嫌殺害田半仙的事情。」

「哈哈，我不想回答對我不利指控的問題。你是執法人員，用這種不負責任的方式詢問一般民眾是違法的，你應該比我清楚。所以，我勸你不要知法犯法。如果沒事的話，我的意思是沒有那些無的放矢或含血噴人的事的話，恕我先掛電話了。」

馬組長被碰了一鼻子灰，非但不生氣，反而產生一種不服輸的豪氣。只是太多的疑問讓馬組長的頭快炸開，唯一的希望是齊開疆能儘速露面，解開勇士力運動飲料的含毒之謎。

幸好鑑識課的生化實驗室傳來好消息，讓馬組長稍微放鬆一口氣。原來讓鄧慶思致死的過敏原是一種從學名為 *Camellia sinensis* 的茶葉萃取出來的高濃度酵素。至於，為什麼命案現場會有含氰化鉀的勇士力飲料，馬組長已經胸有成竹。他命令女王立刻去調查，並且很高興的跟小張分享這個好消息。

「莫非？」小張等待馬組長的解釋。

沒有解釋，只是得意和曖昧的笑容。

「怪不得，我喝了渡邊太太的養生茶之後也起紅疹。」

「不過這要恭喜你。依據化驗報告所附的參考文獻，這種茶酵素和雄性禿一樣，只有針對雄性荷爾蒙旺盛的男性才會起作用。鄧慶思的性慾異於常人，看來你也不遑多讓。」

小張假裝沒聽見，輕輕拍了個馬屁，說：「鄧慶思命案幾乎等於破案，你老人家心情大好。有一必有二，有二必有三。其他的案子不久也可水落石出、真相大白。」

「我已經指示女王約談渡邊太太。」

「我想像女王問及渡邊太太是否在鄧慶思死亡前，幫她前夫口交，就覺得很刺激。如果不是我人在高雄，這檔事應該由我來做，對吧？」

「真是人算，不如天算。顏啟俊為了報仇，偷偷將含有氰化鉀的勇士力飲料放在鄧慶思家的冰箱。他認為鄧慶思總有一天會喝，沒想到還沒喝，卻提早爽死了。」

「牡丹花下死，做鬼也風流。是啊，沒想到一直有含著茶糖和喝養生茶的渡邊太太幫他那個，讓他過敏致死。我想渡邊太太可能不知道，鄧慶思是爽過後兩、三小時才發作的。該死的那個女佣人不但把食物清乾淨，還把那根最重要的證物割除。」

小張拍馬組長馬屁的話竟然部分成真。

第二天，馬組長剛走進辦公室，偵查組立刻傳來好消息，齊開疆回家探視妻兒時，被逮捕歸案。依據他的供詞——他沒有殺死連燦耀，有人想陷害他。

以下是齊開疆的陳述，也就是十月五日的晚上。

「餐廳今晚的生意很清淡，於是我提早回家。踏入玄關，美蒂——我的太太就告訴我剛剛有我的一通電話。當我換上家居服時，手機鈴聲就響起。

『喂！我是齊開疆。』

『齊先生，我是Eric。』

『對不起，請問哪一位Eric。』

『Eric陸，難道你忘了，當時你們要投資做飲料生意的時候，不是曾經找過我嗎？』

『哦！我記起來了，你是陸董，你現在人在哪裡。』
『高雄。聽說你混的很不好？』
『見笑，見笑。』
『怎麼樣？有沒有興趣來高雄，我有投資一家餐廳，要不要過來先看看，可以的話，全部交給你管理。』
由於胡老闆過世，貴妃閣可能也經營不下去，所以我必須重新生涯規劃。除此之外，我本身投資的事業，財務上有困難，對方也肯幫忙，於是我答應他，第二天到高雄和他當面談。到了高雄，我先住進月光大飯店。服務生告訴我，有一位先生來電話，確定我是否已經Check in，並交代要我在六點左右到都會公園的茶藝館見面。」
「請你把Eric陸的個人資料給我。」馬組長冷冷地說。
「對不起，我沒有他的資料。說出來，你不會相信。我和他只是一面之緣，而且都是他主動和我聯絡。我甚至沒有他的手機號碼，他的來電是未顯示，或是透過飯店的櫃檯。」
「嗯，繼續說。」
「我看時間差不多，路又不熟，就匆匆忙忙趕去赴約。我到了茶藝館之後，有個戴帽子，戴黑眼鏡的人走過來，不說一句話地遞給我一張紙條，然後掉頭就走。」
「你形容一下那個人的樣子。」
「一個小混混的樣子，沒甚麼特徵。」

「你未免太⋯⋯。算我白說，紙條上面是甚麼？」馬組長想要發作，但是立刻忍住。

「紙上畫著簡略的地圖，然後要我照指示的路線前往。我有些懷疑，忽然想起陸董是道上的朋友，可能有他行事的規矩，於是就快步前去，那邊是靠後山，一大堆垃圾，陣陣惡臭令我幾乎無法呼吸，正在考慮要不要再往前走時，有人從背後抱住我，然後用一塊布蒙住我的嘴和鼻孔，可能是迷藥，因為我立刻就昏了過去。」

馬組長張了張口，最後還是決定不插嘴。

「醒來的時候，已經滿天星斗，我掙扎爬起來，卻發現自己的手和另外一隻手綁在一起，從公園的燈光，我看清躺在我旁邊的是一具屍體。我嚇死了，掙開手腕上的繩索，然後拔腿就跑。那時候，我已經瞭解有人要陷害我，至於是誰，我不知道。因為我在報上看見警方認為我是利用含毒飲料連續殺人的兇手，心中很害怕，所以開始逃亡的生活。當時的我太驚慌了，沒有仔細觀看，不敢確認屍體的身分。後來從媒體知道死者是連燦耀，他曾經到過貴妃閣和我談過事情，所以我認識他。可是當時他看起來好陌生，因為已經是一具屍體，和活生生的人是完全不一樣的。」

「你既然是被陷害，為什麼不報警？」

「我根本沒想那麼多，我需要時間考慮。所以，我現在不就來了嗎？」

「哼。」

「我對天發誓，我沒有殺死連燦耀，還有他們任何一個人。」

「我們會查出來。」

「顏啟俊是自殺，我親眼目睹。還有，胡老闆怎麼死的，我本來認為是顏啟俊下手。可是，他在自殺前只承認殺死鄧慶思，關於台青電子公司總經理和他的祕書則之死則矢口否認。人之將死，其言也善，我相信他是肺腑之言。既然顏啟俊都沒有提及胡老闆，所以我猜想殺死胡老闆是另有其人。是誰？我不知道。」

「你怎麼會和史正生認識呢？」

齊開疆交代清楚之後，苦著臉孔說：「至於史正生，我覺得對不起他，利用他去逼迫顏啟俊承認殺人。」

馬組長乍聽之下，雙目立刻射出寒芒。

「有關我逼迫顏啟俊承認殺人，我已經跟警方陳述過了，筆錄清清楚楚，你們也覺得合情合理。不是嗎？」

馬組長雖然雙目寒芒略為收斂，但是濃眉縮得更緊。

「我在想他為什麼要幫你做這件事情，你不覺得怪怪的嗎？」

「被你一說，我也感到怪怪。我覺得是他主動接近我，而且對於我似乎太服從了一點，彷彿有甚麼企圖。至於他怎麼會失蹤，我完全不知情。我再一遍對天發誓，我沒有殺死連燦耀，我和他沒有交集。至於他怎麼被殺，我也是完全不知情。」

齊開疆望著馬組長那張醜陋可怕的臉，盡其可能的表達他的誠意，堅決有力的喊著：「一定是有人想陷害我。」

「如果有人想陷害你，你認為是誰？」

「曹星發，一定是曹星發。」

雖然齊開疆的說詞聽起來有如天方夜譚，然而不無道理，只是對他不利的地方很多。舉例說明，月光大飯店傳話的服務生說，他接電話時，對方並沒有表示身分。

警察很快查出Eric陸這個人，但是他一直都在臺北，他也出面指明沒有和齊開疆電話連絡，齊開疆也表示聲音不同人。另外，關於黑衣人遞給他的略圖，齊開疆也不知丟到哪裡去。馬組長認為可能被兇手拿走。總之，要證明齊開疆有罪是不可能，反過來要證明他是清白似乎也要比登天還難。不論是證據裁判主義，或是自由心證主義，如果齊開疆請了個厲害的律師，頂多只是「嫌疑」而已。

馬組長默默地唸著壓在桌墊下的備忘錄——犯罪事實應依據證據認定之，無證據不得推定其犯罪事實。證據之證明力，由法院自由判斷。無證據能力，未經合法調查，顯與事理有違，或與認定事實不符之證據，不得作為判斷之依據。

喝了一口已經變成微涼的茶，馬組長忽然捫心自問：所謂警察究竟是什麼樣的人呢？期望自己認為有罪的人被判刑，為此而竭盡所能將所有的犯罪可能加到他的頭上嗎？那麼為什麼每個被辛苦捉拿就法的犯人，被處極刑時，心中就有種宛如被烈焰燃燒的痛苦呢？

如果顏啟俊所言屬實，那他根本不是殺人兇手，因為鄧慶思之死根本與他無關。只是他手中的含氰化鉀的勇士力飲料到底是從哪裡弄來的？如果台青雙屍命案的主嫌是曹星發，為何要栽贓給顏啟俊？至於胡老闆和連燦耀被毒害，更是迷霧重重。我該找曹星發談談……馬組長自言自語，然後打開抽屜，重新拿出一撮新的茶葉。

當馬組長一邊喝著茶，一邊思考時，人在高雄的小張正靜靜地坐在角落，聆聽郭組長和「專案小組」的成員們的討論。

有位理平頭的年輕警察在電腦上敲敲打打，將GOOGLE地圖，投影到白板上，然後一面滾動滑鼠，一面對其他人說：「這是都會公園的部分地形，這裡是地標金雞日晷，沿著這條路過去，這裡是陳屍的地方，這裡是步道。這條步道一邊通向公園的前方，一邊通向排水溝。因為最近相關單位把進行工程中的廢棄物，還有不良民眾把大堆的垃圾丟在這裡，等於阻隔了交通，所以只能從這個地方往這邊走。由於從步道分岔出來的小路的兩旁都是造景的山岩和茂密的樹木，而且依我們的判斷，第一現場不在那裡。要搬運一具屍體，是非走小路不可。所以我們認為是從這邊走到垃圾堆裡，跟嫌犯齊開疆所說的路線一致。」

「兇手選擇公園的這一帶，是看上人煙稀少，加上垃圾的關係，可是卻忽略了『交通』問題，所以行蹤有所暴露。」年輕的警員露出得意的神情，又說：「就在進入小路的路口有一家茶藝館，正好是必經之地。也就是說，想要從小路到茂密樹林地帶，必定從茶藝館門口經過。假如是輕輕鬆鬆的一個人可能穿過兩邊的山岩及樹林而進入，搬運屍體的話，就顯得不可能。而且據茶藝館的小姐表示，自從民眾在後山地帶堆起垃圾山之後，不但茶藝館的生意一落千丈，而且幾乎沒有人在那條小路散步。那位小姐是藝術系的學生，恰好學校要催作業，於是就對著後山地帶寫生做畫，她發現在三天前下午七點左右，有個戴帽子、戴眼鏡的黑衣人推著一大堆垃圾，經過茶藝館前面，往後山地帶走去……。茶藝館小姐不疑有他，繼續作畫。」

小張心頭一驚，想：「茶藝館小姐所形容得黑衣人和齊開疆所形容是一致的。至少有目擊者，證明齊開疆所說的黑衣人，並非虛幻。」

「有了以上的證言，我們小組成員很興奮，依據她的描寫，我們就查問那個時間，曾經在小路路口附近走動的人，依據兩位在樹蔭下、下棋的人及小販指出，確實有那麼一個人。至於齊開疆所說的，因為將近六點鐘，茶藝館小姐進屋，附近的人也都回家吃飯，倒沒有人注意到齊開疆的出現。」

換另外一名警員發言：「屍體解剖已經完成，除了確認死因是氰化鉀中毒。體表有掙扎受傷的痕跡，顯然是被強迫吞食。法醫的報告使我們對死亡時間有重新的看法，顯然死者可能是在二到三小時之後遇害，也就是當天下午四點到五點左右。」

「莫非曹星發和阿政是兇手，可是……。」

那位「顯然」把「顯然」當成口頭禪的警官搶著說：「顯然，我們不排除曹星發和司機阿政是兇手，便調查他們的不在場證明，曹星發和賴廣政顯然是在三點半回工廠，然後曹星發一直留在辦公室，甚至加班到晚上九點才下班。顯然，賴廣政則在立刻搭工廠人員的便車到臺南，據說他要到臺南辦事。下車之後，就包了部計程車走了。該工廠人員及計程車司機都表示，賴廣政顯然是雙手空空，沒有帶任何大型行李。問題是——如果連燦耀在臺中被殺，為什麼屍體會出現在高雄，由誰搬運，如何搬運。」

「如果連燦耀是在高雄被殺，曹星發和阿政就完全脫離嫌疑。」

「顯然除了曹星發和阿政是兇手，還有第三名兇嫌。」

一直保持靜默的郭組長終於發言：「由臺北傳來的消息，曹星發和他的司機有濃厚的嫌疑。馬組長指出，依據他對亞洲之星大樓管理員的說詞。連燦耀在等待時，有輛吉普車來，開門請他進去。連燦耀坐的位置是前座，關於這點，你們有什麼看法？」

眾人議論紛紛，但是沒有公開的說明。於是，郭組長要小張表示意見。

「死者連燦耀和曹星發是認識的，如果曹星發在車內的話，不可能讓他坐在前坐，一定是後座。所以我認為曹星發不在車內。當時，他在電話中對你說謊。另外，司機阿政並不很尊重連燦耀，或是害怕被不相關的人看見面孔，所以在車上開門。何況死者下車的地點，既沒有公車站牌，連叫計程車都很困難。想想看，除了女孩子和男朋友吵架才會如此意氣用事，何況又不是多厲害的口角之爭，說不過去呀！」

「我不認為有第三名嫌疑犯，所以我們要研究出屍體是如何從臺中搬運到高雄。」

有個小小的聲音在小張的心中呼喚：「史正生到底去哪兒？」

第十七章

馬組長的外表粗獷冷酷，做事果斷明快，常常給犯人一種「冷面閻羅」的感覺。其實他是一個非常尊重人權的警察。在我國憲法並沒有特別對刑事被告人，給予明確的權利，也就是所謂的人權。傳統觀念中，刑事被告總是籠罩著罪犯的色彩，縱然是尚未判決是否有罪。所以警察的問案態度難免就要聲色凌厲，甚至會有粗暴的肢體行為。而馬組長在整個犯罪行為之中，最重視的是動機。在整個犯罪事實認定中，不論動機的強弱，就像星星之火，足以燎原的理論。在他的想法，沒有一個人會無緣無故的犯罪，即使是個心智故障或精神病患，在心靈最深處也存在著象徵動機的按鈕。為什麼會按下那顆按鈕，則是他最感興趣。

但是哪一顆才是真正的按鈕呢？馬組長不敢輕舉妄動，他已經犯過一次錯誤，打草驚蛇了。那隻蛇已經開始自我保護，還是驚慌竄走。沒有合理的證據，他不能輕易扣押或是限制人家行動自由。可恨的是，檢方對於重新調查十五年前的田半仙命案似乎並不熱衷。這也難怪，新案都堆積如山，誰還會有興趣去理那件陳年命案。無可奈何，馬組長把矛頭再指向齊開疆，他認為他有殺連燦耀的動機。

不但有，而且「應該」非常強烈。

因為齊開疆認為連燦耀是他殺死顏啟俊的目擊者，其實也不算目擊者，說是「可能」目擊者比較恰當。依據史太太的說詞，齊開疆和連王兩人曾經在他們喜宴之後密談。所以他有殺死連燦耀的動機，同理可推，史正生是不是也被齊開疆幹掉了呢？

話說回來因為連燦耀已經死了，誰也不知道連燦耀當時是否人在現場，但是齊開疆一口咬定顏啟俊是自殺。如果顏啟俊真的是自殺的話，齊開疆就沒必要殺死連燦耀。但是人在現場的史正生，如今身在何方呢？

為什麼連燦耀會認為齊開疆有謀殺顏啟俊之嫌？甚至連燦耀的同事史正生也曾經提出齊開疆可能謀殺連燦耀的說法。主要原因是出在那罐含毒的勇士力運動飲料。齊開疆沒有把這件事情交代清楚。

另外的疑點，馬組長一直無法釋懷。

齊開疆曾經認為顏啟俊毒死胡老闆，可是據連燦耀對史正生說，顏啟俊承認殺死台青電子公司總經理和祕書，以及辱妹仇人鄧慶思，卻沒有明確地說他對胡老闆下了毒手。

孰是孰非？

齊開疆也有害死胡老闆的強烈動機，甚至比害死連燦耀更強才對。還有，他沒必要延長時間去害死連燦耀，可以一石二鳥，就在毒殺顏啟俊之同時，一併下手。那時候是個多麼好的時機呀！為何要多費周章？

誰要陷害齊開疆呢？

言歸正傳，齊開疆只是認為顏啟俊毒死胡老闆，並沒有親眼看見。如果顏啟俊真的是死前吐真言，那麼誰又是兇手呢？一定是和殺死連燦耀，陷害齊開疆同一人吧！

馬組長再次把所有勇士力運動飲料的連續毒殺事件看了一遍，刪掉前面兩宗，因為幾乎可以說是破案。剩下來的顏啟俊，自殺或他殺？他殺是不是齊開疆，也很單純。連燦耀在所有連續毒殺事件中，可算是異數，也可說是最無辜。他的被殺原因是基於他的好奇，以及知道太多不該知道的事，就像一名外行的弄蛇人，最後慘遭毒吻。在這些死者之中，背景最複雜就是胡老闆。他的死亡曾在黑道圈激起不小的波浪，甚至他的心腹揚言要報復，據他們的調查，兇手不可能是他們圈子裡的人。

就在這個時候，女王快手快腳地衝進來。

「報告組長，我們接到一通匿名電話，密告毒死胡老闆的人是他的二老婆。」

「有沒有錄音下來？」

「沒有，只短短講這一句話，來不及錄音。」

「電話追蹤呢？」

「那個人是用公共電話打的。」

「既然如此，就開始調查吧！」馬組長問女王，說：「你對貴妃閣的胡老闆知道多少？聽說他在黑道上也小有名氣。」

「胡老闆本來是混黑龍幫的，後來跟了3A幫的老大。他膽子蠻小的，所以成不了什麼氣候，只是忠心耿耿，也很重義氣，所以3A幫老大就把貴妃閣交給他管。這兩、三年來，很平實的經營，所以他個人的過去也漸漸被漂白。」

「怪不得大部分的人不認為是黑社會的恩怨事件。」馬組長想到劉警官說到『二老婆』，就問：「胡老闆的色慾很重嗎？」

女王點點頭，說：「除了三個老婆之外，又在外面亂搞男女關係。不過，據我所知，大部分都是歡場女人。雙方都見過大場面，所以不致於引起感情糾紛。」

馬組長翻了翻白眼，說：「這你就不懂，就是因為見過大場面，平時虛情假意，萬一動了真情，就會天崩地裂，那威力比原子彈爆炸還厲害。」

「組長好像很有經驗似的。」

馬組長一副『多』見『少』怪的模樣又說：「關於那通匿名電話，你有何看法？」

「有可能。」女王抿著嘴唇，很有把握的樣子。然後繼續說：「胡老闆的二老婆是野百合大舞廳的紅牌舞女，兩年前才同居生活。以前，胡老闆雖然亂來，但是礙於大老婆的面子，都在外面逢場做戲。後來大老婆生病住院，不太愛管事，胡老闆就讓那個女人住進家來，幫忙管理些家事。丟下紅牌舞女的頭銜，做個平凡的家庭主婦，總希望胡老闆的大老婆逝世後，能夠光明正大的做個胡太太。沒想到胡老闆又喜歡上另一個更年輕貌美的小姐，不但出雙入對，而且還買房子給對方，儼然是對賢伉儷。她心中的不平衡，可想而知。尤其是胡老闆人前人後誇三老婆最合他意。」

「她叫什麼名字？就是那位二老婆？」

「李寶鳳，花名叫昭君。」

「這胡老闆也是有意思的人，開餐廳名叫貴妃，愛的女人叫昭君，簡直想把中國四大美女全包了。」

「沒錯，那個三老婆也是舞女，花名Nancy，胡老闆就說中國女人叫什麼南西、南施，應該叫西施。於是大家就叫三老婆西施，為了拍馬屁，還說西施比昭君漂亮。」

「就這麼點動機就謀殺親夫？」一向注重動機的馬組長，雖然相信比米粒小的動機也會殺人放火，但是那畢竟屬於異常的心理狀況。至於常人嘛！就值得反覆思考。

「昭君是個有志氣的女人，表明胡老闆既有新歡，自己也不想當人家的舊愛，不如好聚好散。豈知，胡老闆想一箭雙鵰，享受齊人之福，不肯放手。昭君明白，得罪了胡老闆，自己別想再混，除非回鄉找個人嫁。在臺北這個繁華都市打滾多年，昭君自認為沒辦法過洗盡鉛華的日子。所以抱著你玩我也玩的日子，只要不太過分的話，胡老闆也不多追究。這是胡老闆命案，我們調查的部分資料。」

「那麼再繼續深入調查。」

「還有，這位昭君小姐也就是曾經涉嫌鄧慶思命案的關係人之一。沒想到剛脫離罪嫌，現在又陷入另一宗命案的嫌疑風波。如果她是清白的話，也真是有夠倒楣。」

「原來是她，怪不得名字聽起來很熟。當時，小張調查鄧慶思命案時，就覺得她最有可能殺死鄧慶思。看來，我們不得不相信兇嫌的心理和生理側寫的那一套理論。」

女王走後，馬組長站起來伸了個懶腰，走到窗外看景色。實在是沒什麼景色可以看，到處都在蓋房子。只聽到「轟」一聲，有個工人懶得搬東西，從五樓丟下來。真危險，萬一有人經過，必定會被打的頭破血流。這個聯想忽然給了馬組長一個啟示，解開了小張曾經提起的一個疑問：如果連燦耀死在臺中，屍體為什麼會在高雄出現。

連燦耀死前最後見的兩個人是曹星發和阿政，可是他們都沒有和屍體在一起的機會。齊開疆有的是機會，可能把屍體放在行李箱，然後開車到高雄。可是，當他在高速公路奔馳時，十點鐘經過泰山，十一點經過楊梅收費站時，連燦耀還活著，有中亞工業研究所李博士等人，還有張姓工程師以及亞洲之星大樓管理員可做證。

如今，疑問得到解答。不過，還須要實際上的證明。

有個畫面在馬組長的眼前慢慢形成——連燦耀坐在由阿政駕駛的灰色鈴木吉星，來到這個地方。另外，曹星發也在車內……。三個人在馬組長的腦幕上熱烈地演著默劇，後來曹星發拿出含有氰化鉀的勇士力運動飲料，阿政用力地抱住連燦耀。特寫是連燦耀恐懼……痛苦……絕望，最後是屈服於死神之手的表情。

馬組長扶著欄干，慢慢地走向天橋的彼端，也就是靠勇士力飲料公司的那一邊。彷彿要印證他的推理，方才經過天橋的勇士力車隊，目前正從天橋下方呼嘯而過。

這個時候……。

不！那個時候，阿政抱著「包裝完整」的屍體，也許不必抱，就從天橋邊的斜坡滾下來。然後，自己再一步一步地走到高速公路的路肩，或許先用手機連絡，其中一輛卡車停下來。阿政是車輛組組長，交待司機「那個物品」要託運。曹星發和阿政兩個人再若無其事地回到工廠，曹星發留下來，阿政則故意「兩手空空」地到臺南，再到高雄去「續辦後事」。

至於「後事」如何辦，已經不重要。重要的，目前已經赤裸裸地攤在大太陽底下了。

「老馬，我們去偵訊室。」馬組長對鏡子裡的自己露出比哭還難看的笑容。

馬組長將往辦公室的腳步，來個大左轉，再往前走。開門入室，隔著玻璃窗可以看見齊開疆正襟危坐。他全身乾乾淨淨，穿著高尚的服飾，由律師陪同。馬組長覺得自己似乎不認識這個人，可是還有那麼一些些熟悉感。

不久，女王抱著平板電腦推門而入。

坐定之後，齊開疆先開口說話：「有關含毒的勇士力運動飲料，我的律師建議有必要解釋更清楚一點。」

「這是明智之舉。」

「關於含有氰化鉀的飲料，我發誓完全不清楚到底是怎麼一回事。關於公司付給我九百萬元，和有毒的飲料也是完全不相干。主要是——我得到一種新的配方，並且準備另外設立公司和勇士力打對台，勇士力飲料公司高層出面勸我不要這樣做，臺灣市場這麼小，搞不好會兩敗俱傷，反而讓其他家公司坐收漁翁之利。我覺得他說的有點道理，就答應了。他們用九百萬買下配方和我的保證，就是從此不再接觸食品製造或研發，所以我把事業轉向餐飲服務。」

「依我們的調查，含有氰化鉀的勇士力運動飲料，成分和濃度都一樣，表示是同一時間製造。雖然印製的批號是X0620D，但是和市面上販賣的X0620D那一批成分和濃度不一樣。我們花了很多功夫，才追溯到研發部的留樣室。」

女王在平板電腦將資料逐頁審閱，印有留樣日期的照片中，四罐勇士力運動飲料都是印著批號X0620D。

「我們做了比對測試，發現含有氰化鉀的勇士力運動飲料，除了氰化鉀之外，所有的成分和濃度都和留樣的四罐勇士力運動飲料一模一樣。不知道你有甚麼看法？」

「有人偷了我的試製品，添加上氰化鉀。」

「從外觀和包裝判斷，不論是封罐或是印標的技術，全部都是勇士力公司裡的內部作業。關於這一點，你有甚麼看法。」

齊開疆仔細的看著女王遞過來的化驗報告，說：「沒有錯。那就是我的配方，所以我負責試製，並且放在不同的溫度中做實驗，看口味是否改變，成分是否變質。由於我是依據文獻上做實驗，所以試製封了四十罐，十罐放在室溫，其他分別放在三十度、四十度和五十度的保溫箱中。每個月要做一次實驗，用去了三十六罐，所以剩下四罐保存於留樣室。這些資料，我都帶來，你可以看看。」

齊開疆一面打開自己的筆記型電腦，一面說：「這些都是我個人檔案，只能供你們參考。因為這是我私人機密的計劃，也就是我當初利用公司的設備，做我個人的實驗產品。大部分勇士力飲料的員工都不知道。我簽名申請空罐，然後委託生產部封罐和印批號。既然批號是X0620D，代表是今年六月二十日下午一點到三點製造，你們只要去工廠查閱工作日誌，就可以查出時誰拿著我的試製品去封罐和印標。D是代表下午一點到三點的工作時間代碼。如果我的記憶無誤的話，當時的操作員應該是阿政。他現在已經是車輛組組長。」齊開疆搖頭嘆氣，說：「沒想到會惹出這麼大的風波。」

「齊先生，你認為阿政有能力將你試製的勇士力運動飲料，私自加入氰化鉀嗎？」

「我不知道。」

除了胡老闆之外，其他的命案都有了合理的解釋。

偵訊結束，女王微笑地跟玻璃窗後的馬組長做了個ＯＫ的手勢。

第十八章

回顧那一天，連燦耀約了史正生來到當初他們討論談田半仙密室之死的茶藝館。牆壁上的古畫，竹櫥裡的陶器，還有頭上的黑布和垂燈都沒變。連燦耀回想，當時因為王羨榮從高雄來找他，引發一連串的假設，然後開始他和史正生充滿單純樂趣的推理。可是，隨著時間的過去，事情並不如他想像的單純。他環視四周，忽然想起，他曾經跟史正生說這茶藝館的天花板，彷彿是滿城風絮重樓外的夜空，但是獨缺一鈎千里相思的明月。如今，缺的不只是史正生的熱情，還有……還有王羨榮。對了，好久沒有王羨榮的消息。

連燦耀的思緒被史正生的出現打斷。

史正生用略帶憂鬱的眼神，無語地看著連燦耀，等待他開口說話。

「你還記得我們第一次在這裡見面，我跟你說的一句話嗎？我說：我一定要找個人談談，否則我會……心口像有一爐火，滿滿胸膛裡盡是悶悶的煙，燻得我發昏發狂，恨不得就像條瘋狗，跑到大馬路上亂吠亂叫。」

「我記得。」

「我決定要去找曹星發談談。」

「有這個必要嗎？」

「有，而且我的決定是受你影響。」

「我？」

「你不是為了協助齊經理去阻止顏啟俊繼續殺人，甘願冒著生命的危險嗎？我也要和你一樣有正義感。」

「你別傻了，事實不是你想的那樣。」

「我知道，當時我認為齊經理要陷害你，所以我阻止你。可是你知道嗎？當你打電話告訴我，我做了一個夢，我夢見我就是你，就像親身經歷一樣。，甚至我現在還能感受夢中的那種強烈的情緒，就像在舞台上高歌，接受千萬人的喝采。我當時很後悔，為什麼不參加你和齊經理的活動。」

聽完連燦耀的敘述後，史正生冷靜的結論：「所以，你堅持要去和曹星發見面，證明你的推理。」

「還有體驗和你一樣的經歷，不是很酷嗎？」

「可是，你要知道這不是兒戲，萬一出了個閃失。你要仔細考慮。」

「我已經仔細討論過了。」

「萬一曹星發動了歹念。你為什麼一定要見面，可以用電話談啊！」

「那更危險。萬一他真的有歹念，他在電話中敷衍我，卻暗中下殺手。就像他對付田安鑫。哈哈，搞不好你就像露丹一樣，遭受池魚之殃。」

「哼，一點都不好笑。」

「別這樣，當時你協助齊經理的勇氣跑到哪裡去了？」

史正生嘆了一口氣，似乎放棄了。

「我有萬全的計畫，不會出事的。」

「甚麼計劃？」

「我知道你並不贊成我的行動，所以我不會告訴你，免得你搞破壞。」

「唉，這樣好了。我當時和齊經理去找顏啟俊時，我們買了一組追蹤器。效果還不錯，我們也去買一組，你就帶著吧！我跟著你去，暗中保護你。」

「你確定要這麼做？」

「不然勒？我們是好朋友。」

「謝謝。」

「我問一個假設性問題，如果曹星發承認他殺害田半仙，也是毒殺田安鑫的幕後主使者，你該怎麼辦？」

「我只求證，不打算做甚麼。」

「你不會報警？」

「不會。據我從網路等消息來源，其實警方已經掌握很多線索，不須我雞婆。何況我們不都是憑空想像，沒有實質的證據，警方不會採信。所以根本不須多此一舉。」說完，連燦耀忽然說：「我最近一直感覺到有人在跟蹤我。」

「真的嗎？你有沒有採取行動。」

「沒有，也許是我疑神疑鬼。」

「應該是這樣吧！」

史正生苦笑連連，卻又是像在嘲笑連燦耀的天真無知。

兩人離開茶藝館，連燦耀目送史正生的背影，心中產生了某種程度的覺悟。這種覺悟驅使他去扮演正義的解謎者。他義無反顧地打電話給曹星發，並訂下了他不自知的死亡之約。

他拜託史正生幫他請假一天。他的計畫是當天依序拜訪三個或深交或認識不久的友人，包括高科儀器公司的顧天華先生、中亞工業研究院的李雅君博士和臺中工業區北一路露亞酵素企業三井先生。路線從臺中工業區的北三路到北一路。在這個計畫裡，他就是留下推理小說中，最常見的死亡線索。他讓這三名友人，留下一些疑惑。萬一三天之後，他有個三長兩短，他們可以提供警方部分的線索。

十月六日，連燦耀按照曹星發的建議時間，提早到達工業路亞洲之星大樓。停好車後，和睿智儀器公司的張姓工程師則是不期而遇。兩人相約到附近的超商吃午餐，一杯現煮咖啡和三明治。直到曹星發的建議時間，連燦耀跟那張姓工程師道別。等待的時刻，天空開始飄著毛毛雨，有個管理員打扮的男人走過來向他微笑。他以搖頭回覆他，於是後者走回自己的崗位。幾乎同時，連燦耀手機響起，未顯示來電號碼。

「請問你是連先生嗎？」

「是的，您是……。」

「我叫阿政，曹協理派我來接你。就是那一輛閃紅燈，停在對街的灰色鈴木吉星。」

「太客氣了，實在是不好意思。」連燦耀隨著阿政的指示，迅速過街，並自行進入車內。

連燦耀才在副駕駛座坐定，車子便快速地啟動，車速之快令連燦耀有些擔心。

阿政的側臉很像一尾魚，當他的下唇往上唇壓時，彷彿有幾粒水泡冒出來。

連燦耀大略的把他和曹星發的關係簡單說一遍，當然把重要的部分省略不談。談話之間，他注意到阿政握住方向盤的右手，中指的骨節有個直徑大約二至三公分的星型黑斑，看起來好像帶一枚戒指。這個發現讓連燦耀想起老朋友王羨榮提及的神祕第三者，心跳不由得加速。但是他不怕，除了因為他心理已經有所準備，尤其是史正生的後援。

前面可看見高速公路，車流很稀疏。陽光很強，一切看起來都是白花花的！

「你應該是曹協理的手下大將吧？」連燦耀必須把握機會，為了不讓對方注意他的行動，他必須不停的和對方說話。車子經過一座天橋上面，下面是高速公路。阿政意味深長地望了連燦耀一眼，然後捨開大路，往一條雜草叢生的小路開進去。

連燦耀拿出自己的名片，遞給阿政說：「請多多指教。」

「哦！」阿政連看也不看，就丟在置物箱裡。

「你也給我一張吧！」

阿政露出不耐煩的表情，不過還是給了連燦耀他的名片。

連燦耀不斷的說話，對方總是沉默以對。

這一條雜草叢生的小路似乎是沒有盡頭，車子顛簸的很厲害。連燦耀必須握住車窗上方的把柄才能保持坐姿平穩。

「我們要去哪？」

「你不是要去見曹協理嗎？就是走這條路啊！」阿政歪著臉，斜眼看看連燦耀，說：「是不是要和他談和命案有關的事？」

連燦耀點點頭，說：「曹協理這個月一定煩死了。」

「大家都煩死了。你想知道甚麼？」

連燦耀有些詞窮，沒想對方這麼直接，只能隨便哈拉哈拉。此時此刻，他已經在偷偷地在阿政的名片上畫了一顆黑色的星星。然後若無其事地放入自己的皮夾，就在四張名片之中間。

小路終於到了盡頭，但是阿政繼續開車。連燦耀開始慌了，他希望史正生能夠知道他的困境。他以為他面對是文明的曹星發，殊不知竟然是一個凶神惡煞的陌生人。自己太粗心大意，不過現在後悔也來不及了。

車子終於停下來，阿政雙手鬆開駕駛盤，往上一舉，那是個令人費解的手勢，或許是想阻止連燦耀說下去吧！連燦耀看他拿出手機，發出一封簡訊。

沉默了約十幾分鐘，阿政忽然說了些奇怪的話：「以前我媽殺雞殺鴨，總會唸唸有詞，我現在總算開悟。其實冤有頭、債有主，有些人是人在江湖，身不由己。」

「你在說什麼？我不懂。」

車子終於停下來。連燦耀發現阿政把車子停在一處荒草堆邊。

「為什麼在這裡停車？」

「我們要在這裡等曹協理。」

「在這裡等他？」

「是的！你看他就在那邊。」

連燦耀看見曹星發從草叢中走出來，面向陽光，所以瞇著眼睛，咖啡色的西裝像燒過的枯木，還閃著火星渣子。

曹星發隔著車窗和連燦耀打招呼。

連燦耀想要拉下車窗，發現被鎖死，只能揮手回應。

曹星發繞過車頭，望望阿政。阿政點點頭，開門下車，讓曹星發進來坐在駕駛座。

此時窗外忽然暗下來，彷彿要恢復原先的細雨綿綿，結果不是，原來只有飄過來一大團黑溶溶的雲。外頭起風了，在車窗外颯颯地響著。

「我本來想約你見面，沒想到讓你先約我。」曹星發首先開口，說：「你先不要說話，讓我一口氣說完。首先，我要怪你讓我殺錯人，也就是田半仙。」

連燦耀茫然地看著曹星發那張英俊的臉。

「你應該記得我讀高中時，你幫我補習。我很喜歡黏著你，當時你以為我有同志情懷，所以處處避著我。其實你錯了。我只是想跟你探聽，有關我阿姨的事情。我從小是孤兒，有位好心的阿姨每個月給我零用錢。是的，她就是你們大家嘲笑的划龍船的。後來，我聽說她去世了。我很傷心，我和她之間有深厚的感情，這是你們這種人所無法理解。但是殘酷的事實，讓我只能怨嘆好人不長命，無情的命運、無奈的人生。當我遇見你，自然而然和你聊起你的童年往事。你的每一句話讓我如利刃割心，我一點都不相信，甚麼我阿姨養了一條蛇，然後故意讓蛇去咬她的先生。」

連燦耀想起曹星發曾經透過電話對他的控訴，原來如此。那些控訴曾經把他的內疚拋向迷濛的故鄉，點點滴滴的月光便成了觀音石像前的幾抹苔痕，也成了落翼天使的散髮和眼淚。

「我當然不會只聽你的一面之詞，所以繼續打聽。最可靠的消息是阿姨的先生被毒蛇咬死，但是所有村子的人異口同聲指認是我阿姨所作所為。最可恨的是乩童田半仙和他的兒子田安鑫自以為是正義使者，還去警察局做證。後來因為罪證不足，我阿姨就被釋放。但是，她的一生也就完了。你知道千夫所指、無病而死的成語吧。我阿姨最後就是鬱卒而死。我雖然不相信阿姨會做這種事，但是也要有證據幫她洗刷冤屈。證據不足只是證明她殺人的證據不足，我要證明她根本沒有殺人。我透過我的養父取得我阿姨丈夫的死亡證明，上面的死因是被龜殼花咬死，而田半仙說的是青竹絲。但是，一切都太遲了。」

「於是，你用蜂毒殺死田半仙。」

「我用蜂毒交換蛇毒，讓田半仙承擔一切後果。所以，我放了田安鑫一馬。江湖上的一句話，冤冤相報何時了，講得真是對極了。我沒想到這十五年，田安鑫一直把他父親的死放在心中，聽說你還提供了專業知識。我殺了他，是為了保護我自己。」

「可是，你連無辜的方祕書也殺了。」

「對於那個可憐的小祕書，我真是感到強烈的罪惡感。後來得知她是你的女朋友，我就沒甚麼感覺了。」

「你太殘酷了。」

「我承認你說的很對。當我和史正生聯絡，他跟我說你們是同事。我對你一點興趣都沒有，可是他跟我說你是作家，曾經以童年記憶，以婦人殺夫的故事寫了一篇文章，還得了文學大獎。我很好奇，就上網去拜讀你的大作。我都會背了……你聽。」曹星發英俊的臉忽然變成像惡魔一般，聲音也沙啞起來：「划龍船的趴在竹床上，燙得鬆捲又枯黃的頭髮，像隻死了的松鼠，披在肩膀上。濛濛的面目，有一抹鮮豔的紅唇。尖尖的下巴就像捲曲的菜葉子，還沾著晶瑩的水滴。細長的脖子可以看見藍色的血管，凸出的鎖骨下有一圈讓我迷惑的海域。右手臂伸得長長的，不知在床腳下撥弄什麼。我稍稍再靠近一點，目視到划龍船的瘦枝枝、白蒼蒼的手腕，纏著一條好長、好長的青蛇，嘴巴張得大大的，一吐一收的紅信，像是在和划龍船的在說話。」

至於連燦耀呢？他已經完全失去應答的能力。他萬萬沒想到事情會演變成這樣，他後悔沒有聽從史正生的勸告，他後悔自己的輕舉妄動，他後悔寫了一篇虛實不分的小說。總之，他腦子裡塞滿了數不清的後悔。他知道他將要付出代價，而唯一的希望就是史正生快一點出現。

「讀完你的曠世名作之後，我才知道你的胡言亂語讓田半仙信以為真，自以為是的去誣告我的阿姨，害她一生背負謀殺親夫的罪名。你說是你太殘酷，還是我太殘酷？」

曹星發語聲才了，他的雙手迅速伸過來。突如其來的舉動和詭異的神色使連燦耀的脊骨弓了起來，他想躲避，卻無法躲避。

史正生，你在哪呢？我的好友史正生呢？不是說好要保護我的史正生呢？難道你也慘遭不測了嗎？

此時車門忽然被打開，連燦耀傾斜的身體被站在外面守候的阿政抱住，再用力掙扎也無濟於事，尤其身上還繫著安全帶。只好任由曹星發壓住他的身體，一手固定住頭部，一手將那罐含有死亡滋味的飲料，慢慢地、慢慢地流入他的喉嚨深處。

然後，連燦耀在驚恐萬分中，失去知覺。但是就在他完全失去知覺的那一刻，他忽然想起了那一通語音留言。那一個人……他不知道他為什麼會想起那一個人，那一個人在他的人生中幾乎是個陌生人，忽然想起那一個人的名字叫做張法忠，張法忠不就是海鯨嗎？同時一道飄浮在童年的影子，如流星般閃過死亡的曠野。

第十九章

女王一面拿著筆錄，一面對馬組長報告偵訊結果。

「渡邊太太承認她幫鄧慶思口交時，嘴巴含著藥廠特製的茶糖。你知道嗎？因為茶糖含有薄荷，感覺冰冰涼涼，所以渡邊太太把好幾顆茶糖塞在陰道哩，兩人在抽插時，感覺格外舒爽。渡邊太太還跟我強力推薦，說可以延長性交時間，因為有讓男性陰莖輕微的麻痺感。」

對於已經不算是女人的女王，馬組長一點感覺也沒有。但是為了禮貌，還是皮笑肉不笑的回應一下，說：「是啊！講的我都快硬起來。太好了，總算破案了！」

馬組長望望女王冷漠的表情，想到什麼，說：「你去買飲料，我請客。慰勞大家的辛苦。不過，千萬不要買……。」

「勇士力運動飲料。」

「對了，我記得小張的筆錄。他問渡邊太太有沒有帶吃的或喝的，渡邊太太回答說：沒有。顯然是說謊。」

「渡邊太太沒有說謊，至少她認為茶糖是她個人的藥品或是補品，不是吃的或喝的。」

「妳好像很同情渡邊太太。」

沒耐心聽女王的辯解，馬組長迅速回到辦公室，望著桌墊下的一張全組人員的合照，小張那張孩子氣的臉笑的好燦爛。由小張聯想到連燦耀，不由得嘆了一口氣。重新再把顏啟俊的檔案取出來看，突然發現幾個共同點，他被台青公司和貴妃閣辭退的原因，都是因為身體欠佳。於是，他撥電話給法醫室。

「我是馬組長，朱法醫在嗎？」

「我就是，有何貴幹？」
「我想請問你，關於顏啟俊的死因。」
「明知故問。」
「不，除了氰化鉀中毒外，有沒有其他異狀。例如疾病或是奇怪的症狀。」
「等一下，我查一下他的大體解剖報告。嗯哼……老馬，你還在嗎？」
「在，如何？」
「簡單一句話，他根本就是一名癌末病患。」
「我明白了，謝謝。」

關於顏啟俊和曹星發之間的關係，馬組長已經理出一點頭緒，不知不覺盯著手拿著飲料，走進來的女王。

「組長，我有什麼不對嗎？」
「沒有，妳很好呀！」
「不然你為什麼用奇怪的眼光看著我。」
「哦……我只是覺得妳很漂亮。」
「組長。拜託你不要嚇我，好嗎？」
「專家的意見。適度的讚美，對人際關係有所改善。」
「不習慣啦。我寧願你讚美我的工作能力。那種方式的讚美很奇怪，聽起來好像是諷刺。」

「好了、好了。」馬組長大手一揮，然後就把飲料一口喝光。

「這一瓶再給你好了。」女王似乎已經失去胃口。

馬組長不客氣地接過來，分三口喝光。

「看到組長奇怪的樣子，我猜你似乎有所頓悟，看出哪一件案子的端倪。連燦耀、胡老闆、顏啟俊還是台青雙屍案？」

「你把有關貴妃閣胡老闆命案整理一下，說給我聽聽。」

「胡老闆的二老婆有個男朋友，就是勇士力飲料公司的賴廣政，綽號叫阿政。而且，他去找過胡老闆，就是命案發生的當天。作案手法大同小異，帶幾罐勇士力運動飲料過去，其中一罐是加料的。反正擺在胡老闆辦公室裡，沒有人敢動。」

馬組長剎那間有個怪異的念頭，那些加料的勇士力運動飲料不就像分散在各處的毒蛇。獵物不動，它也不動，獵物一動，死神的箭立刻命中紅心。

「為什麼當時大家都不說。」

「阿政找胡老闆時，行動很神祕，只有一個清潔工看見。阿政是在道上混的，那個清潔工沒必要淌混水，所以嘴巴很緊。我死逼活逼，他還說看起來很像，但不一定就是阿政。至於，為什麼要傳出昭君害死胡老闆，是因為昭君很迷信，最近忽然變得心神不寧。鄰居有人親眼看見她一個女人三更半夜起來燒紙錢，唸佛經，還有很多奇奇怪怪的舉止。」女王又說：「或許我們可以精心佈置一個和陰羅地府相似的公堂，組長扮閻羅王，我和其他弟兄扮牛頭馬面、黑白無常和奪命判官，把那個女人抓來，不怕她不說實話。」

「你講的是包公夜審郭槐。講到這個，我就有些感慨。以神意和迷信來偵查，不僅古代民智未開時被廣為運用，連科技最發達的英美國家，在做證時，仍然須要手按聖經發誓。可是，如果這樣做，在法庭上恐怕會鬧笑話。」

「裝神弄鬼，雖然不道德，可是針對犯罪者，不能不算是可行的方法。至少也是利用心理學來偵訊的現代科技，如果我們要解釋的話。」女王不到黃河心不死地說服：「而且，比嚴刑拷打人道多了。」

「既然兇手呼之欲出，我們也不要折磨一個弱女子。到時候需要她上法庭做證，萬一口不擇言地把我們裝神弄鬼的把戲說出來，記者們可就要大作文章了。」

「那我們怎麼辦？」

「齊開疆曾說有個神祕人物，我想大約就是阿政吧！另外，我剛剛想出屍體如何搬運的方法，必須對勇士力飲料公司的車輛組做深入的調查，掌握出這兩項，阿政縱然有通天的本領，也逃不出我們的手掌心。妳就負責去調查吧。」說完，忽然想到要撥電話給高雄的郭組長。

「老郭嗎？我是老馬。」

「剛剛才想撥電話給你，沒想卻先接到你的電話。」

「關於連燦耀命案，我們有新的發現……。」馬組長將分析和判斷的內容，告訴對方之後，又問：「你們那邊呢？」

「我們把目標鎖定在那個戴帽子和墨鏡的神祕人物。有位茶藝館的工讀生表示，她看見那個人推一堆垃圾往後山地帶去。我心血來潮，問她對那輛手推車有沒有印象。她說那是穩穩速食店的手推車，因為她以前在穩穩速食店工讀過。」

「那……後來呢？」

「穩穩速食店就在都會公園附近，有十二輛手推車，用來搬貨運貨。因為送貨包括牛排、麵包或飲料等不同公司。貨一到達，都是由送貨員自己使用手推車，沒有特別管制，上面印有標示，不會丟掉。只是在打烊的時候，才收一下，他們沒有注意當天是否遺失，因為每個人用來用去。」

「那一天，勇士力飲料公司有送貨嗎？」

「有。」

「知道誰是送貨員嗎？」

「姓王，編號十一。」

「案情有突破的話，再互相連絡吧！」

掛上電話，馬組長要求辦事小姐調查勇士力飲料公司車輛組，編號十一的王先生的住所，然後連絡當地的管區，表示馬上要過去。利用這段時間，馬組長到外面吃了一碗牛肉麵。可能是太餓了，他覺得今天的牛肉麵特別香、特別好吃，連剩下的一點湯都喝的乾乾淨淨。

肚子飽了，心情特別好。一回到辦公室，迎面就看見滿面笑容的女王。

「怎麼了？美麗有智慧的女王。」

「昭君認罪了。」

「女人就是女人，這麼沒用。妳沒裝鬼弄神嚇她吧。」

「當然沒有，當我去拜訪她。一看到我是警察，立刻就伏首認罪。我就把她帶回局裡，一切就等英俊聰明的大人處置發落。」

「好，立刻升堂！」馬組長快樂極了，和女王一唱一和起來。

幽微的光從燈罩透出來，宛如伸直的章魚腳，爬在女人的臉上。美麗的五官布置在光滑的臉盤，緊張的情緒使她看起來格外楚楚可憐。她直挺挺地坐在椅子上低首斂目，高級的套裝，除了戒指、手飾，最讓人側目的是那顯露在胸口的一抹雪白和幾串大得嚇人的紅寶石項鍊。

當馬組長和女王一踏入室內，感覺周圍的空氣都沾上象徵性感和誘惑的香水味。馬組長回憶小張當初對於昭君的形容，不由得深深體會不同年紀男人對於女人的體會。

馬組長看了女王一眼，後者立刻板起面發問：「說出妳的真實姓名、身分證字號、出生年月日、戶籍地址。」

「是。」昭君低聲一一回答。

「妳有權保持緘默。也就是說，當我們問妳問題時，妳覺得對妳不利，妳可以不回答，因為妳現在所說的每句話都會被列入紀錄，被當成證據。還有，妳需要律師嗎？」

「不需要，剛才你都跟我說過，不需要再重複。」

「今天到警察局做什麼？。」

「我殺了人，我認罪。」

昭君的前面擺著一杯水，下方是印著史奴比的紙墊。女人的手本來擱在杯子旁邊，因為說了這句話後，就伸手端起來喝了一口。

「妳殺了誰？」

「貴妃閣的胡老闆。」

「妳和他是什麼關係？」

「男女朋友。」

「那麼，請你陳述你的動機和當時的狀況。」

「主要起因是胡老闆已經混不下去了，他背叛黑龍幫，又失信於3A幫，更糟的是他欠了巨額的賭債。除了死之外，根本無路可退。於是，他想了一條妙計，想詐死，騙過所有人的耳目。我是他唯一信任的人，所以找我商量。我本來就想離開他，剛好將計就計。我有個朋友叫賴廣政，綽號阿政，他曾經跟我提起他擁有殺人的神祕武器。」

馬組長冷眼旁觀，覺得好像應該有一抹雲淡風輕的碧空，襯著藍得連時間都捨不得離去的海洋。一對歷盡海難的男女，在荒島上相依地坐著。幾株對大千世界不再存有印象的椰子樹，痴望著水平線。

「他還說他有殺人的經驗，而且神不知、鬼不覺。當他偶然看見貴妃閣的主廚顏啟俊時，興奮的跟我說他就是天掉下來的禮物，天助我們也。我當時不明白，他就跟我解釋，顏啟俊一心一意想替他妹妹報仇。因緣際會，認識了他和某人。」

「某人？」

「抱歉，阿政死都不肯透露那個人的身分。」昭君堅定的保證，非但沒有減輕她自我放棄的神情，反而加添她的無奈。她再喝了一口水，接著說說：「顏啟俊跟某人保證，只要給他神祕的殺人武器，他願意為某人做出任何事情。他還說他已經得了絕症，所以甚麼都不怕。至於某人曾經命令他做甚麼事情，我完全不知道。」

「後來呢？」

「後來，我引薦阿政給胡老闆認識。阿政就把高雄台青公司的命案，詳詳細細說給他聽，並保證成功。換句話說，胡老闆假裝喝了有毒的飲料，引起大家注意，誤以為乎老闆真的是一命歸天。然後在混亂中，由阿政安排逃亡。阿政要胡老闆故意在大家面前羞辱顏啟俊，並辭退他。然後，他讓顏啟俊用有毒的勇士力飲料給胡老闆吃。胡老闆不知其中緣故，真的就喝下去了。」

「妳並沒有直接參與謀殺。」

「我受不了良心的指責。尤其是後來，貴妃閣的齊經理誤以為顏啟俊就是下毒的兇手，和一名年輕人去和顏啟俊對質。顏啟俊好像自殺死了，那個年輕人失蹤了，聽說可能也死了，所以我就崩潰了。」

馬組長有了一個念頭，因此沒有聽完昭君的口供，就匆匆離開偵訊室。

當他到達王宅，已經是晚上九點多了。

雜亂的十幾坪公寓，滿臉倦容的女主人，看著陌生人只會傻笑的小孩子，令馬組長想到自己的家庭。

「你們坐一下，我去叫阿財，他剛從高雄回來，很累很累，所以沒有吃飯和看電視就睡著了。」

「趕緊去叫他起來，有重要的事要問他。」

女人走入另一間房間，用尖銳的聲音，說：「有警察來，快起來……。」

「幹伊娘……駛伊娘……恁爸正愛睏……吵什麼吵。」

「警察已經在我們家客廳了。說甚麼有大事情要問你，快起來啦！」

又是一連串的低咒聲。

「喂！你只有穿內衣褲，這樣出去會給人笑話。」

過了約五分鐘，馬組長面前出現一個高高壯壯的男子，細長的眼睛，鼻子扁扁的，一張經年累月嚼檳榔而形成的紅唇。在陌生人之前，毫不掩飾地張開大嘴打哈欠，女人則緊張兮兮地坐在一旁。

「你是王有財。」

「是！」表情卻是「廢話」兩字。

「我有話問你，請你合作。」馬組長說：「聽說你們常利用工廠附近的天橋和高速公路之便，裝卸貨物。」

「我不懂你的意思？」

「你們工廠出口的地方不是有座天橋嗎？天橋底下就是高速公路。有人檢舉你們，貨物從天橋旁邊的斜坡運下來，然後搬到卡車上面。依據高速公路管制規則，行駛高速公路之汽車除在指定之場所外，不得停車上下旅客或裝卸貨物。」

「可是我沒有裝卸貨物呀！」

「有人看見呀！」馬組長語氣肯定，同時把面孔板起來，說：「十月六日下午三點四十五分，你們勇士力車隊從工廠出發，進入南下高速公路，經過天橋下方，大約五十分吧！你的車停下來，然後有人運了個大約長約一百八十多公分、似乎是個很笨重的東西。交給你託運到高雄，是不是有這回事？」

「哦！那個東西。」王有財如釋重負地說：「那又不是貨物。」

「你知道那是什麼東西嗎？」

「不知道，我們組長要我運到高雄。」

「那個東西外觀如何？」

「一個寬約五十公分，長約一百八十公分的黑色塑膠袋，裡面好像有固定的包裝和……應該有八十多公斤重左右。」

「你們組長是不是阿政？」

王有財點點頭。

「他叫你運東西，你就運東西，萬一是毒品或是危險禁品。」

王有財沉默不語，坐在一旁的女人開口說話：「大人啊！我們吃人頭路，上司的命令誰敢不從。你有沒有打聽打聽，阿政是個何等的角色。我們阿財也是受他人情才有這份工作……。」

「女人家有耳沒嘴，講那麼多幹什麼？」王有財眉頭一皺，憂慮地說：「事情都過了，又沒有寄罰單來，你們這麼鄭重地來問，到底是發生什麼大事。」

「沒什麼，只是來確定這件事。對了，他事先有沒有照會你？」

「沒有。」

「你們卡車裝貨，不是裝地滿滿的嗎？」

「阿政安排裝貨量，那一天的裝貨剛好少了一點。而且我是最後一輛出發。到了高速公路交流道，我接到阿政的指示，到天橋的底下要停下來，有重要的東西要託運到高雄。」

「到了高雄後呢？」

「一般都是把貨運到各經銷站，但是大賣場還是由我們直接送去，那些路線都是由阿政安排。」

「穩穩速食店是最後一站？」

「是的。他用手機指示我把那個塑膠袋放在穩穩速食店的後門，靠近回收桶的地方。」

「他要你在旁監督，直到阿政把那包東西用穩穩速食店的手推車運走。是不是？」

王有財開始露出憂慮的表情。

「還有，他叫你要保密。」看著王有財很困難地點頭，馬組長說：「謝謝你的合作。」

馬組長自信滿滿地走出王宅，銀色的月亮正高高地掛在天空。當他全身浸滿讚賞的光彩時，手機響起。

原來是鑑識科的生化實驗室打來的，說明高雄都會公園的棄屍並非連燦耀。馬組長連續罵了一連串的三字經，所有的案子都是別人推理出來，自己只是把他連貫、重組、解析、結論。好不容易能夠靠自己，解開屍體的搬運之謎，沒想到根本不是連燦耀。

第二十章

記憶中的那一夜，跛腳女人趴在竹床上，她的手腕纏著一條長長的青蛇。青蛇發現了偷窺的阿耀，展露出詭異的笑容。跛腳女人摸摸高昂的蛇頭，然後讓那條青蛇慢慢地在地上滑行。阿耀知道即將發生甚麼事，但是卻無法動彈。只能憋住呼吸，望著逐漸向他靠近的蛇。就在一步之遙，那條蛇驟然變成了曹星發。他那英俊的面孔透出陰森森的青光，讓阿耀渾身起雞皮疙瘩。他伸出雙手，緊緊抱住阿耀，阿耀感覺好像被困在亂絲中，無力地掙扎。當曹星發像吸血鬼似的往阿耀的頸部深深地咬了一口，噩夢終止。

連燦耀驚醒過來，發現自己正躺在病床上，眼前是滿臉焦急的父母。

「謝天謝地，終於醒過來了。」

「從昨天昏迷到現在，嚇死我了！還一直說夢話，跟小時候一樣。」

「是啊！你再不醒來，你阿母就要去請人來收驚。」

「你嘛好，這裡是醫院，怎麼收驚？」

兩個老人家太高興了，你一句、我一句說個不停。

「好啦！趕快去跟護士說阿耀醒了。」

「別催了，我這就去。」

「阿耀，你還好嗎？有沒有不舒服？肚子會餓嗎？」

「阿母，我怎麼會在這裡，這裡是醫院吧！」

「你朋友通知我們，說你在醫院。我和你阿爸就連夜趕來。對了，你朋友就在那裡，趕快跟人家道謝。」

連燦耀發現病房中除了他的父母之外，赫然發現王羨榮也在場。

「我沒死？」

「你福大命大，怎麼會死。還有千萬不要跟我問，我是不是在作夢，然後要求我打你耳光。如果你真的要求，我會打的你滿地找牙。」

「可是，我不是喝了有毒的勇士力嗎？」

「被我掉包，你喝的是普通一般的勇士力飲料啦！」

「可是你，為什麼？」

「說來話長。」王羨榮剛要開口，就被走過來的醫護人員打斷。經過醫師的診斷，表示一切正常，只要再觀察一天，就可以辦理出院。

王羨榮有點不好意思的說：「我誤會你了。」

「誤會？」

「我誤會你是毒害田總和方露丹的幕後兇手。當命案發生後，你打電話給我，打聽每一項細節，讓我覺得很可疑。當時，我不知道你和田總有相當的交情，也不知道你曾經和方露丹交往。只是覺得可疑，就稍微調查一下，發現你和方露丹的關係。因為我也很喜歡她，所以對於她的慘死，有一份責任。因此，我特別去新竹找你談，越談越可疑。於是我辭職，為了專心查出真相，我不敢找正職工作，只在新竹科學園區附近打工。聽說你在打聽我，我更篤定你有問題。於是我一有時間就跟蹤你。我知道有幾次，差點被你識破行蹤。當然我也在貴公司布下暗樁，收集有關你的資料，主要是你的出勤和作息。」

「原來並不是我疑神疑鬼，真的有這回事情。不過，真是感謝，你的跟蹤最後竟然變成了保護我。」

「可以這麼說。那一天你請假，我就跟著你屁股後面跑。當你和阿政見面時，我一眼就看出他的身分，因為體型和台青雙屍命案錄影帶裡的嫌疑犯太像了。我沒有花太多時間跟蹤，其實阿政的吉普車只是在一個資源回收場的附近繞來繞去，我只是用望遠鏡觀看。當時曹星發和史正生就在樹林一邊等待。」

「你說甚麼？」

「你先不要急，等一下會交代清楚。你們車子停下來，我就慢慢靠近，然後伺機而動。」王羨榮接著說：「你知道你為什麼會引來殺身之禍嗎？」

連燦耀點點頭，說：「我大約知道。因為我替田總解開他父親的死亡之謎，而曹星發就是兇手。」

「在你解開死亡之謎之前，田總就已經知道謎底，畢竟他思考了那麼多年。他和你討論，只是更加確認他的推理。當他暗中收集資料時，狡猾的曹星發就先發制人。他利用齊開疆研發勇士力飲料時，私下加入氰化鉀，並派他的心腹阿政偷偷潛入田總的辦公室，放在冰箱內。至於，為什麼扯上顏啟俊，因為一個是在飲料公司上班，一個是廚師，所以有機會認識。尤其是阿政穿上廚師的制服，出入行動比較方便。起初讓人誤以為是顏啟俊，所幸兩人體型相差很大，所以警察沒有抓錯人。後來，顏啟俊主動找上曹星發和阿政。」

「我有些明白，是不是他要求曹星發給他含毒的勇士力飲料，因為他要報仇。否則他要報警舉發。」連燦耀因為思考，眼角有點抽搐，他說：「曹星發怎麼會妥協？乾脆滅口。難道，顏啟俊的死是……？」

「不，顏啟俊被確認是喝了含有氰化鉀的勇士力運動飲料自殺身亡。曹星發同情他的遭遇，因為顏啟俊得了癌症，所以願意幫他完成心願。於是顏啟俊就模仿他們的殺人模式，把有毒的勇士力飲料放到欺負他妹妹的鄧慶思家中的冰箱。」

「原來鄧慶思命案的兇手是顏啟俊。」

「你猜錯了！鄧慶思的死，依據我所了解是過敏所致，不是顏啟俊。我們把主題扯太遠了。所以當曹星發解決了田總，以為天下太平時，有人密告說你也知道了田半仙死亡的原因，推理過程合情合理，還掌握田總留下來的所有證據。」

「有人密告？難道是他。」

「不錯，就是他，你最好的朋友史正生。他為了金錢出賣了你。他如何和曹星發勾結，我不想多說，你自己去弄清楚。他故意把你的請假單損毀，讓人誤以為你失蹤。還好，你沒有將你的計劃跟他說。」

「甚麼計畫？」

「你不是刻意拜訪你的三個朋友，讓他們有機會跟警察報告你死亡當天的行蹤嗎？哈哈，恕我直言。你知道嗎？你每一次離開新竹，我就緊迫跟蹤，更何況遠行到臺中。我一直認為你和勇士力飲料有關，尤其是當你進入阿政的車子。關於阿政，我再強調一次，他化成灰我也知道他是誰，他出現在台青電子的錄影帶，我研究了N次。」

「後來呢？」

「當阿政車子繞來繞去，我已經躲在曹星發和史正生背後的不遠處。我老實說，從史正生的樣子，他應該還有一點點良心。他似乎一直和曹星發盧事情。現在想起來，可能是拜託他對你手下留情。也因為如此，我才有機會躲在他們的車子而不被發現。說來也是湊巧，我發現車子內放了一罐勇士力運動飲料。你知道嗎？本來我以為他們可能用槍或刀等武器對付你。所以，我準備了強力漆彈槍，準備大展身手一番。不管如何，我就先把它掉包了。」

「你怎麼會有勇士力飲料？」

「這種天氣，不喝點涼的怎麼行。我隨時都會買個一、兩罐。只是當時我很擔心，他們的勇士力是常溫，我的是冰涼，可能是情況特殊，他們並沒注意到。不過，我還是隨時準備好。」

「對啊！你以前是警察，而且常常玩漆彈狙擊實境遊戲。」

「我遠遠觀看你被灌食我那罐勇士力運動飲料。你也真是膽小，就昏過去，簡直就像死了過去。後來，史正生出現了。曹星發命令史正生和你換衣服，然後把他帶走。可能又要搞推理小說的那一套，弄個甚麼不在場證明。」王羨榮微微一笑，說：「他們可能已經計畫好棄屍地點，所以把你丟在那裡。反正人煙稀少，短期內不會有人發現。我在遠處觀察，很怕你被弄來弄去，忽然醒過來，那就慘了。所以，我還是不敢鬆懈，準備好強力漆彈槍一直瞄準曹星發。」

「真可惜！你的狙擊手之夢破碎了。」

「我最擔心的是曹星發和阿政要確定你是否真正死亡。幸好你死的很像，尤其是抽蓄一陣之後，立刻斷氣的樣子，和電影演得一模一樣，難怪能夠瞞過他們的耳目。」

「可能和我體質有關吧！我懷疑自己患有假死症。」連燦耀想起小時候所經歷的青蛇魅影，背部一陣濕冷。

「不只這個原因，還有他們或許也沒有真正看過飲用氰化鉀致死的案例，不了解真正呈現的症狀。又急著進行下一個計劃，才會這麼粗心大意。等他們開車走遠後，我就送你來醫院。你又是發燒、又是作惡夢。甚麼划龍船、拖垃圾、還有青竹絲，把你爸爸媽媽嚇死了。你媽媽說你的體質異常，特別貴氣，容易看到魔神仔之類。她跟我說你小時候曾經發生過一次，被乩童收驚之後才好起來。」

王羨榮的話刺痛了連燦耀的心坎深處，他問：「史正生人呢？」

「死了。」

「死了？」

「是啊！詳細情形，我也不是很清楚。」王羨榮一面回答，一面望著走進來一位穿著警服的帥哥，笑吟吟說：「小張，你來了。」

兩人簡短對話之後，帥哥警察沿著病床坐下來，說：「阿耀，看起來精神很好耶。你還是老樣子，臉看起來和小時候很像，不必看名字，一眼就可以認出你。」

「你是？」

「我是張法忠。」

「你是張法忠？你是海鯨？」

「是啊！我是海鯨張法忠。」

「你小時候是個小胖子，所以我們叫你海鯨。記得後來變高變帥，但是你還是改變很多，如果不是你先自我介紹，我真的認不出你就是張法忠。哇塞，你當起波麗士大人囉。」

「你真是要感謝我們這位以前的同事王羨榮。」

「是的，如果不是他，我現在已經躺在棺材裡面了。不過，我還是弄不清楚史正生怎麼會死掉，難道是被滅口嗎？」

「這還用問嗎？」小張聳聳肩，說：「我先把前因講清楚，再說後果。主嫌曹星發坦承他利用齊開疆研發配方期間，製造含毒的勇士力飲料，命令阿政替他毒死田安鑫，沒想到女祕書無辜受害。鄧慶思命案的來龍去脈，我不必多言。貴妃閣的胡老闆想詐死逃避仇家，假裝被人用毒的勇士力飲料害死，然後逃往國外。沒想到他的二老婆因為認識阿政，藉機取得真正有毒的勇士力飲料，胡老闆弄巧成拙，莫名其妙的命喪黃泉。阿政表示，貴妃閣的胡老闆命案和曹星發無關，純然是他一手所做。他的計畫是毒死胡老闆之後，讓顏啟俊來承當，反正他是個癌末病人，不就快死了嗎？」

「所以，顏啟俊應該是自殺身亡？」

「沒錯。可是他們萬萬沒想到勇士力飲料的配方創始者齊開疆竟然跑到貴妃閣當經理，他們以為他去了國外。誰知道原來的齊開庸回國後不但改名，還做了微整形和改變髮型髮色。當然，如果是當時一起工作的曹星發一定認得出來。只是做包裝封罐的阿政可就有眼不是泰山。」

「所以，齊開疆和我一樣，解開了勇士力飲料的氰化鉀之謎。因此，惹來殺身之禍嗎？」

「不要急。慢慢來。齊開疆先認出阿政，也識破他們的陰謀。他說服顏啟俊，幫助他躲起來。」

「齊經理有找我們談。」連燦耀把當天發生的事情一五一十地說給小張聽。

「你給史正生騙了，整個事情剛好是倒過來。齊開疆因為貴妃閣發生命案，主動取消婚宴，史正生表示他不會毀約，一切照正常進行。他會這樣做，可能是聽出齊開疆和勇士力有關，聽說他是個推理小說迷，孿會異想天開、捕風捉影。所以是他說服齊開疆去找顏啟俊。他是主謀的人，齊開疆是照章行事的人，和你所想的有些出入。」

「我覺得史正生這樣積極，或許是和當曹星發的眼線有關吧！」王羨榮插嘴說。

「所以，顏啟俊是自殺。」連燦耀嘆息著說。

「是。史正生取得情報，自然而然趕快跟曹星發報告。他命令史正生引誘你去臺中，讓你掉入死亡的陷阱。」

「憑良心說，如果不是我自己有想一窺究竟的慾望，史正生也是無計可施。」

「你太善良了。你被他害成這樣子，還替他說話。史正生和你互換雙方的衣物和證件，是不是搞甚麼不在場證明，或是甚麼的……。」王羨榮想了一想，繼續說：「延遲認出死者身分的時間或是要混淆警方辦案的方向。」

「或許吧。換上衣服的史正生在曹星發的指示下，自以為會和阿政一起去高雄都會公園，故意讓很多人知道你去哪裡，就像推理小說裡面的情節。然後輕輕鬆鬆完成他的任務，殊不知曹星發別有用心。」小張笑著說：「他們也是狗屎運，遇上高溫和好幾天垃圾場沒人清理，屍體腐爛的很厲害，造成死者身分在第一時間的誤判。」

王羨榮問道：「所以，史正生是被阿政殺死，然後被運到高雄去吧。他一個人應該沒辦法吧？」

「是啊！我們正在調查，除了那個像小混混的黑衣人，是否還有其他人。」小張微微一笑，露出一排潔白的牙齒，說：「從法醫的死亡時間推斷，可能是他們認為毒死連燦耀的二、三小時之後，史正生也被毒死了，才會讓我們警察霧煞煞。照理說，應該是被曹星發殺死的，畢竟沒有人願意被人勒索。然後引誘齊開疆過去，讓人家以為你和史正生是死在他的手裡，最後由阿政舉發，把所有的罪狀都推給齊開疆。畢竟他有涉及勇士力飲料加入氰化鉀的過程，又有殺害胡老闆和顏啟俊命案的動機。」

「因為你們一開始被曹星發誤導，以為那具丟棄在高雄都會公園的屍體，身分是連燦耀。但是，從法醫的死亡時間推斷，連燦耀還和曹星發等人在臺中。就像你所說的警察全部霧煞煞。後來，老馬不是解開謎底嗎？聽說他好得意，結果弄了半天，死者是史正生，鬧了個大笑話。」

「是我鬧笑話吧！」

「怎說？」

「我當眾讚美歌頌老馬的睿智聰明，把他比喻成福爾摩斯。沒想到還沒說完，法醫組就把我臨時籌畫的表揚會提早解散。老馬臉皮很厚，又是有官階的，除了女王敢虧他幾句之外，沒有人敢對他說些甚麼，反而把我搞的生不如死。」

「你太誇張了吧！請問那位王有財又運甚麼到高雄？」

「誰知道，可能是為了偷懶，或是運送甚麼不敢給公司知道的物品吧！既然是最後一站是穩速食店，可能是私下的交易吧！」小張瀟灑地甩了一下頭髮，接著說：「阿政鐵定逃不開法律的制裁。那個曹星發就很難說，不過一個社會菁英分子被媒體這麼一渲染，一輩子也算完蛋了。」

「喂！你這是甚麼態度，太不負責任了吧！」

「喔！對不起。」小張也感覺自己的態度太輕率，趕緊連聲道歉。

「可是據說老馬去王有財的家，王有財說的煞有其事，才讓老馬自以為掌握了破案的關鍵點。」

「哈哈哈，關於這一點，老馬真的是陰溝裡翻船。王有財為了報復阿政平日的狗仗人勢、作威作福。就順著老馬的話一路演下去，含沙射影地說，或許阿政真的是運送甚麼可疑的物品，乾脆就讓警方去徹底調查一番吧！」

張、王兩人聊得正有趣，小張發現連燦耀似乎有點累。

「我們講太多話了，讓阿耀休息吧！。」

王羨榮趕緊附和：「那我們告辭了。」

「啊！等一下。」小張想起甚麼，從口袋取出皮夾，小心翼翼地從裡面拿出一張淡綠色的信紙。他說：「這是你曾經寫給我的詩句。我知道你本來就不認為那位有愛心的跛腳女士會謀殺親夫，你只是編織一個故事。曹星發本身就是一個被仇恨沖昏理智的人，他應該弄清楚事實後，並接受你的說明道歉。」

連燦耀知道那只是小張的安慰，接手那張被歲月侵蝕得快要破爛的信紙，用心閱讀：也許，我們有些信念曾經時光的流逝而變遷，因人事皆非而動移，甚至因自我的滄桑而棄甲歸去。但是我總覺得在五彩繽紛中，為自己留下一些純白，有一些信任，那麼活著，可能就不會那麼痛苦和無奈了。

「再見。」連燦耀將信紙還給小張，跟兩人握手道別。

遠遠的，聽到小張大聲對王羨榮問道：「這次能夠破案、還有及時救出阿耀，你的功勞最大，要不要考慮再回來呢？我們很歡迎你。」

很遺憾的，連燦耀聽不到王羨榮的答覆。他打開了電視，畫面中一面望著星空、一面喝著勇士力運動飲料的曹星發正笑盈盈地對他說：「都是你讓我殺錯人。我阿姨的丈夫被龜殼花咬死，而田半仙透過你幻覺散布謠言，說我阿姨利用青竹絲謀殺親夫。你是元凶，你是一切命案的罪魁禍首。我恨你，我要殺死你。」

躺在病床上的連燦耀抬頭望著窗外夜色正正如一條黑色的河流，滾滾地向屋內淹來。他閉上雙眼，瞇了一下，再度張開雙眼。曾幾何時，夜色已經滾滾而去，滿窗都是紅花綠葉、藍天白雲，好一個美麗的豔陽天。

要推理50　PG1912

要有光 FIAT LUX　夜色滾滾而來

作　　者　葉　桑
責任編輯　辛秉學
圖文排版　周妤靜
封面設計　王嵩賀

出版策劃　要有光
發 行 人　宋政坤
法律顧問　毛國樑　律師
印製發行　秀威資訊科技股份有限公司
114台北市內湖區瑞光路76巷65號1樓
電話：+886-2-2796-3638　傳真：+886-2-2796-1377
http://www.showwe.com.tw
劃撥帳號　19563868　戶名：秀威資訊科技股份有限公司
讀者服務信箱：service@showwe.com.tw
展售門市　國家書店（松江門市）
104台北市中山區松江路209號1樓
電話：+886-2-2518-0207　傳真：+886-2-2518-0778
網路訂購　秀威網路書店：http://store.showwe.tw
國家網路書店：http://www.govbooks.com.tw
總 經 銷　聯合發行股份有限公司
231新北市新店區寶橋路235巷6弄6號4F
電話：+886-2-2917-8022　傳真：+886-2-2915-6275

出版日期　2018年3月　BOD一版
定　　價　320元

國家圖書館出版品預行編目

夜色滾滾而來 / 葉桑著. -- 一版. -- 臺北市 :
要有光, 2018.03
面； 公分. -- (要推理 ; 50)
BOD版
ISBN 978-986-96013-6-8(平裝)

857.81 107003014

讀者回函卡

感謝您購買本書，為提升服務品質，請填妥以下資料，將讀者回函卡直接寄回或傳真本公司，收到您的寶貴意見後，我們會收藏記錄及檢討，謝謝！

如您需要了解本公司最新出版書目、購書優惠或企劃活動，歡迎您上網查詢或下載相關資料：http:// www.showwe.com.tw

您購買的書名：______________________________

出生日期：________年________月________日

學歷：□高中(含)以下　□大專　□研究所(含)以上

職業：□製造業　□金融業　□資訊業　□軍警　□傳播業　□自由業

□服務業　□公務員　□教職　□學生　□家管　□其它_____

購書地點：□網路書店　□實體書店　□書展　□郵購　□贈閱　□其他

您從何得知本書的消息？

□網路書店　□實體書店　□網路搜尋　□電子報　□書訊　□雜誌

□傳播媒體　□親友推薦　□網站推薦　□部落格　□其他__________

您對本書的評價：(請填代號　1.非常滿意　2.滿意　3.尚可　4.再改進)

封面設計____　版面編排____　內容____　文／譯筆____　價格____

讀完書後您覺得：

□很有收穫　□有收穫　□收穫不多　□沒收穫

對我們的建議：______________________________

____

____

____

請貼
郵票

11466
台北市內湖區瑞光路 76 巷 65 號 1 樓
秀威資訊科技股份有限公司 收
BOD 數位出版事業部

....

（請沿線對折寄回，謝謝！）

姓　名：____________ 年齡：________ 性別：□女　□男

郵遞區號：□□□□□

地　址：______________________________

聯絡電話：(日)____________ (夜)____________

E-mail：______________________________